JN304353

こんなに面白かった「百人一首」

吉海直人 監修

PHP 文庫

○本表紙図柄＝ロゼッタ・ストーン（大英博物館蔵）
○本表紙デザイン＋紋章＝上田晃郷

はじめに

現代に詠《よ》みつがれる「百人一首」の魅力

近年漫画などの影響もあって、古典作品が幅広い世代に人気だという。なかでも初心者が気軽に楽しめるのが、かるたでおなじみの「百人一首」である。学校の授業で覚えた人も、また「坊主めくり」などで遊んだ人もあるかもしれないが、天智天皇の時代から鎌倉初期までの歌人百人の秀歌が収められた歌集だ。

「百人一首」が今でも人々に愛されている理由は、「百人一首」の歌に、人を納得・共感させる何か不思議な要素が含まれているからであろう。そう考えると、「百人一首」の最大のテーマが恋であることに思い至る。恋愛には、今も昔も変わらぬ人間の心の機微がある。それが時代を越えて、現代人の心に共鳴するのであろう。それだけでなく「百人一首」には、歌人百人の人生が凝縮されており、そこに垣間見える百人百通りの波瀾万丈の生き様が、おのずから読者に刺激を与えるのではないだろうか。

　こんな小さな歌集、今から八百年近く前に藤原定家《ふじわらのていか》によって選ばれた、わずか百首の古典和歌が集められただけの歌集に、それほどすさまじいパワーが秘められているとは驚きである。私自身その魅力に取り憑《っ》かれて、もう三十年以上も百人一首の研究を続けている。

　本書では、古典の世界観を生かしつつ現代の感覚で和歌に親しめるように、解説を工夫した。美しいイラストとも併せて、和歌を身近に感じてもらえることだろう。この本を通して、「百人一首」の魅力に出会っていただければ幸いである。

同志社女子大学　吉海直人

こんなに面白かった「百人一首」もくじ

「百人一首」とは何か

ふすまを飾る色紙の柄が、「百人一首」の原型？

鎌倉時代初期、京都の小倉山に、藤原定家《ふじわらのていか》なる和歌の大家が別荘を構えていた。彼は『明月記《めいげつき》』という日記を残しているが、その七十四歳のときの日付に、次のような記述がある。鎌倉幕府の武将・宇都宮頼綱《うつのみやよりつな》（定家の息子の嫁の父にあたる）から、別荘のふすまに貼《は》る色紙を作ってくれと、頼まれたというのだ。

この依頼に応じて、定家は天智天皇の時代から鎌倉初期までの和歌の名人を百人ピックアップ、さらに各人の代表作を一首ずつセレクトして、相手に書き贈ったという。それが、『百人一首』の原形だと推測されている。

ただし、この時点で定家が選んだ和歌のラインナップは、かならずしも現在の『百人一首』とは一致していない。幾度か改訂や差し替えがあったのだろう。昭和に入って発見された『百人秀歌』が、両者をつなぐ資料として注目されているが、それを経て現在のラインナップが確定されるまでの経緯はよくわかっていない。

定家の信念が感じられる、歌人のセレクション

いずれにせよ、定家の考案した趣向は後世、おおいにマネされ、武将の歌を集めた『武家百人一首』、女流歌人の歌だけで構成された『女百人一首』など、多くの類似品を生んだ。定家による元祖『百人一首』が、彼の別荘にちなんで『小倉百人一首』と呼ばれるようになったのは、それらと区別するためだ。

後世といえば、『百人一首』がカルタとして庶民の間に流通したのも、江戸時代以降。このカルタが今なお愛されているのは、各歌の調べの美しさもさることながら、それを選んだ定家のセンスによるところも大きい。

彼のセレクトは、紀貫之《きのつらゆき》が選んだ「六歌仙」や藤原公任《ふじわらのきんとう》による「三十六歌仙」と重なる部分も多い。「六歌仙」はじつは後世につけられた名称で、『古今和歌集仮名序』で「近き世にその名をきこえたる人」として挙げられた六歌人だった。貫之はそのなかで、彼らを手厳しく批判したのだ。

定家はその酷評に反し、あえてこのなかの五人を選出している。逆に、歴代歌人のベストメンバーとされた「三十六歌仙」からは二十五人だけ選び、十一人を除外。

これらの事実は、定家が先人の評価に惑わされることなく、自身の信条にもとづいて選考を行なったことを暗示している。

知っておきたい和歌の基本用語

修辞技巧を知れば和歌はもっとおもしろくなる！

『百人一首』をより深く味わうために、ぜひ頭に入れておきたいのが和歌の修辞技巧だ。

たとえば、地名や場所を詠み込む「歌枕」。なかでも「末の松山」は、海岸の美しい松林をイメージさせる歌枕として、都人たちが好んで使用した表現だ。この歌枕には「どんな大波も松林を越えることがない」というイメージから、あり得ないことのたとえとして使われるようになり、「男女の変わらぬ愛」を意味するようになった。歌枕を使うことによって、三十一文字に込められなかった背景やイメージを補うことができるというわけだ。

これらの基礎知識をふまえて和歌を観賞すると、かの王朝歌人たちがいかにウィットに富んだ言葉遊びをしながらも、巧みに自分の心情を和歌に詠み込んでいるかが実感できるはずだ。

和歌の基本用語

句	和歌における五音、七音などのまとまり。
歌枕	古くから和歌に詠み込まれるうちに、特定のイメージを伴うようになった、地名や名所を表わす言葉。「龍田川」や「末の松山」など。
枕詞	特定の言葉を飾るために使われる言葉。歌の調子を整えたり、印象を強めたりする。（例）あしびきの→山、峰、岩
序詞	枕詞同様に、ある言葉を導き出すために、前置きとして使う言葉。枕詞が一句からなるのに対して、序詞は二句、三句からなる。
縁語	意味の上で関係のある言葉をつらねて、歌の調子を整え、味わいを深くする技法。あくまで連想されるものを用い、直接的な表現は縁語とはされない。
掛詞	一語にふたつ以上の意味をもたせて、内容に奥行きを出す技法。自然の情景に人の心情や状態を重ね合わせる方法がよく用いられる。
体言止め	句の終わりを体言（名詞・代名詞・数詞）で止める表現方法。読み手の想像をかきたて、余韻を残す効果がある。
倒置法	主語と述語の順序を入れかえ、語句の意味を強めて印象を深くする技法。例えば「私は歌う」を「歌う、私は」とすることなど。
句切れ	歌のなかで、結句（第五句）以外で意味や調子が切れるところのこと。初句切れ、二句切れ、三句切れ、四句切れのほか、区切れのない歌もある。
本歌取り	古歌を取り入れて、新たな歌を詠む技法。もとにする歌（本歌）の心情や趣向を取り込むことで、一首の世界が広がり、余情豊かになる。

秋
第1首

秋《あき》の田《た》の　かりほの庵《いほ》の　苫《とま》をあらみ
わが衣手《ころもで》は　露《つゆ》に濡《ぬ》れつつ

天智天皇《てんじてんのう》

〔秋の田のかたわらにある仮小屋は、草を粗《あら》く編んで葺《ふ》いた簡素なものなので、そこで番をする私の袖《そで》は夜露に濡れ続けているよ。〕

輝ける第一首目の作者は、平安天皇家の祖

洋楽ファンが、これまでにつくられたロックの名曲のなかから、おすすめの曲を百曲だけ選べといわれたら、さぞかし頭を悩ませるに違いない。メジャーな曲ばかりではつまらないし、自分の趣味に偏りすぎなのも考えもの。いずれにせよ、涙をのんで多くの名曲を除外することになるのは、避けられまい。百人一首の編纂者《へんさん》・藤原定家《ふじわらのていか》も、おそらくはそんなジレンマに苦しんだことだろう。

しかしこの第一首に限っていえば、定家はかなり早い段階からトップにもってくることを決めていたようだ。定家の日記『明月記《めいげつき》』に、それをうかがわせる記述が

ある。洋楽ファンがビートルズを無視するわけにはいかないのと同じように、定家にとってこの歌は、「絶対にはずせない」作品だったのだ。

その作者・天智天皇は、飛鳥《あすか》時代の人物。即位前の中大兄皇子《なかのおおえのおうじ》という別名でも知られる。中大兄皇子といえば、歴史の教科書でもおなじみ。そう、政敵・蘇我氏を倒し、「大化の改新」を行なって、天皇中心の政治を確立した立役者だ。

その死後、皇位はしばらく帝《みかど》の子孫の手を離れていたが、平安時代にはふたたび帝の直系の子孫たちが、皇位に返り咲いた。このため天智天皇は、平安朝の天皇家の祖としてもあがめられるようになり、藤原定家が生まれたころには、歴代の天皇のなかでも最も尊敬を集める存在になっていた。

そんな天智天皇の歌を百人一首のトップバッターに選んだのは、天智天皇に対する、定家自身の敬意の証だったのだろう。

じつは天智天皇ではなく、名もない農民が詠《よ》んだ歌!?

じつはこの歌、本当に天智天皇の作かとなると、かなりあやしい。そもそも天皇という最高位の貴人が、みずから田んぼの番をして粗末な仮小屋で夜を明かすなどといったことが、そうそうあろうとは思えない。

ゆえに現在では、本来この歌は奈良時代の名もなき農民が詠んだものだ、というのが通説になっている。事実、日本最古の歌集である『万葉集』には、これにそっくりな歌が「詠み人知らず」、つまり作者不明として収録されている。それがいつしか形を変え、天智天皇の作として伝わったというのが真相らしい。

平安時代の人々にしても、本当に天皇が農作業をしたとまでは、さすがに考えてはいなかっただろう。彼らは、天皇が農民たちの苦労を思いやり、哀れみやいたわりの気持ちを歌に託したものと、解釈していたようだ。

だが、実際に農作業をしたことのない人が詠んだにしては、やけに描写が具体的だ。秋の夜の仮小屋がさぞかし寒いだろうとは、実際にそこに寝泊りしたことのない人でも、想像がつくかもしれない。しかし、苫（屋根を葺く草）の編み目が粗いせいで、夜露で服が濡れて身体が冷えて仕方がないというのは、身をもって味わった人でなければ、なかなかわからない感覚ではないだろうか？

もっとも、古今の和歌に通じた専門家である藤原定家が、その不自然さに気づかぬはずはない。当然、彼は『万葉集』にこの歌の元ネタがあることも、知っていただろう。なのに、あえて当時の一般的な解釈にならい、この歌を天智天皇の作として第一首に選んだのは、「農民の気持ちがわかる慈悲深い君主」という作者像が、定家の思い描く天智天皇のイメージにぴったりだったからではないだろうか。定家は身も蓋《ふた》もない真実性より、魅力的な虚構《フィクション》性を尊重したのだ。

夏
第2首

春《はる》過《す》ぎて　夏来《なつき》にけらし　白妙《しろたへ》の　衣《ころも》ほすてふ　天《あま》の香具山《かぐやま》

〔春が過ぎて夏が来たらしい。昔から夏に白い着物を干すといわれている天の香具山に、純白の着物が干されているよ。〕

持統天皇《じとうてんのう》

オリジナルよりもウケがいい誤読版を採用？

持統天皇は、第一首の作者・天智天皇《てんじてんのう》（16ページ）の皇女。彼女にとっては叔父にあたる天武天皇《てんむてんのう》（天智天皇の弟）の妃《きさき》となり、夫の没後、自身が即位して史上四人めの女性天皇となった（ちなみに、歴代の女性天皇は十人いる）。

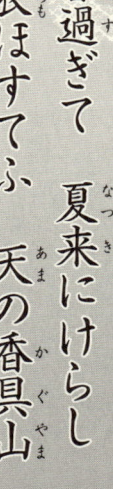

父の歌のすぐ後に、その娘の歌が続くのは、もちろん意図的な配列だろう。じつは百人一首では、締めくくりの第九十九首と第百首も、後鳥羽院《ごとばいん》と順徳院《じゅんとくいん》の親子ペアだ。最初と最後が対をなす構成になっているのだ。

編纂《へんさん》者の藤原定家《ふじわらのていか》は、この歌を『新古今集』から選出しているが、さらに元をたどれば、オリジナルは『万葉集』の収録作だ。ただし、同じ歌でありながら、『万葉集』版と『新古今集』版とでは、ちょっと形が違う。

というのは、『万葉集』が編まれた奈良時代には、まだ平仮名が存在せず、そこに収録されている和歌は、すべて漢字だけで表記されていたからだ。こうした漢字の使い方を「万葉仮名《まんようがな》」というが、その万葉仮名でこの歌を書くと、「春過而夏来良之白妙能衣乾有天之香具山」という風になる。

現代人にはどう読めばよいのかさっぱりわからないが、学者たちによれば、これは「春過ぎて　夏来たるらし　白妙の　衣ほしたり　天の香具山」と読むのが正しいらしい。つまり、「夏来良」を「夏来にけらし」、「衣乾有」を「衣ほすてふ」とした『新古今集』や百人一首の読みは、学術的には間違いなのだそうだ。

しかし結果的に、その間違い版のほうがオリジナル版よりも語感がやわらかく、美しくなっていると、肯定的に評価する声は今も根強い。

神秘の山の伝説が、目の前の情景に華を添える

読み間違いは、語感だけではなく、内容にも微妙な変化をもたらしている。

まずは、オリジナル版の「衣ほしたり」に注目。これだと、香具山に白い衣が干されている情景を、作者が自分の目で眺めていることになる。その情景を見て、季

節の移り変わりを感じたというわけだが、ある意味、単純すぎておもしろ味がない。その点、誤読版の「衣ほすてふ」は伝聞形。単に目の前の情景を詠《よ》んだだけでなく、その裏にある伝説をも想起させるつくりになっている。

そもそもこの歌の舞台・香具山には、天から地上に降ってきたとか、天照大神《あまてらすおおみかみ》が岩戸に隠れた地だとか、多くの伝説がある。山中には今も天岩戸神社なる神社があるが、その境内では毎年七本の新しい竹が育つ代わりに、古い竹が七本枯《か》れるという不思議な現象もあるそうだ。それだけにこの山は、「大和三山《やまとさんざん》」（現在の奈良県橿原《かしはら》市にある、香具山・畝傍山《うねびやま》・耳成山《みみなしやま》の総称）のなかでも、古くからとくに神聖視されてきた。「天の」という尊称がつくのも、その証なのだ。

そんな香具山にまつわる伝説のひとつに、甘樫明神《あまかしみょうじん》なる神がこの山に住んでいるというものがある。この神は、神水にひたした白い衣を干すことによって、人間の嘘を見抜くという。つまり、歌に詠み込まれた「白妙の衣」は、その儀式に使われたものである可能性も出てくるというわけ。

むろん、これはあくまで「衣ほすてふ」という伝聞形の読みから生まれる連想なので、持統天皇が本当にこの伝説をふまえていたかどうかはあやしい。が、実際の情景と伝説とを重ねていると考えたほうが、歌に奥行きが出るのは確かだろう。後世の読み間違いが、はからずも歌に新たな解釈と魅力をつけくわえたといえる。

第2首 持統天皇

恋 第3首

あしびきの　山鳥《やまどり》の尾《を》の　しだり尾《を》の　長々《ながなが》し夜《よ》を　ひとりかもねむ

〔オスの山鳥の、長く垂れ下がった尾のように長い長いこの秋の夜を、私はひとり寂しく寝ることになるのだろうか？〕

柿本人麻呂《かきのもとのひとまろ》

歌の神・人麻呂の代表作だがじつは贋作《がんさく》？

第一首と同様に、この歌も一般に伝えられている作者と、真の作者は別人だという説が有力視されている。作者とされる柿本人麻呂は、生没年も不詳なら身分もあいまい。かなり謎の多い人物だ。ただ、和歌の名人だったことだけは確からしい。

そのため、彼の死後にはその名声だけが実像を離れてひとり歩きし、平安時代になると「歌の神」とまであがめられる存在となった。そしてついには、作者不明の古い名歌を、片っ端から人麻呂作の歌にしてしまうといった風潮まで横行したのだった。

結果、人麻呂の作と伝えられる歌はやたらと多くなってしまったが、現在ではその大半が、じつは他人の作だと考えられている。この歌もその代表的な一例だ。

伝統を自己流アレンジするワザは神級！

だが、仮に人麻呂作というのがデマだったとしても、この歌に素人離れした高度な技巧がふんだんに盛り込まれているのは、まぎれもない事実だ。

たとえば「あしびきの」は、「山」にかかる枕詞（14ページ）。したがって、和歌の素養のある人なら誰もが、次に「山」とくることは予想できる。その予想を、ただの「山」ではなく「山鳥」とつなげることで、作者は少しだけ裏切り、読み手の意表を突いている。

「〜の」という助詞が、四回も重ねられている点にも注目していただきたい。小論文のテストなどでこんな文章を書けば、赤ペンで添削されてしまうのはまず間違いないところ。つまり、ふつうの文章としては悪文なのだが、もちろん作者はわざとやっている。くり返される同じ音が流れるような調べをつくり出す、という効果をねらっているのだ。リズムをつけて歌うようにこの歌を朗読してみると、その効果のほどがよくわかる。

ところで、ひとり寝のわびしさを詠《よ》んだ和歌は、けっしてめずらしくない。そうした歌に「山鳥（キジ科の野鳥で、雉《きじ》によく似た姿をもつ）」を登場させるのも、和歌の世界では定番だった。この野鳥は古来、オスとメスが離れて眠る習性があるとの伝承があったからだ。

しかし通常、そういった歌では、主人公は女性であるのが相場。歌人が男性であっても、女性の身になって詠んだ歌と解釈されるのがふつうだ。その点、この歌は「尾」を入れることで、主人公が男であることを匂《にお》わせている。「尾」は「雄」に通じるし、山鳥のなかでも「尾」が長いのはオスだけだからだ（オスの山鳥の体長は約一メートル半。その半分くらいを尾の長さが占める）。つまり「尾」は、「雄＝オス＝男」を表わす、二重の隠喩になっているというわけ。

こうして見てくると、人麻呂であるにせよそうでないにせよ、作者が和歌の伝統や約束事をふまえつつ、その枠内で随所にオリジナリティを発揮していることがわかるだろう。

伝統を壊すことは、誰にでもできる。壊した後に新しいものを生み出せる者が、天才と呼ばれる。しかし、伝統をふまえつつ新しいものを生み出すのは、じつは壊した後で生むことよりも難しい。それができる者は、天才以上の存在、つまり神といえるだろう。「こんな神業《かみわざ》ができる人物は、人麻呂に相違ない」と平安時代の人々が考えたのも、無理はないかもしれない。

第3首 柿本人麻呂

「いろは歌」の作者ともいわれる和歌の神

柿本人麻呂《かきのもとのひとまろ》

（生没年不詳）

古くから、子どもに読み書きを学ばせるときの手本として用いられてきた「いろは歌」。その作者こそは柿本人麻呂だという説がある。四十七文字を重複させずに並べ、意味の通った七五調の歌に仕立てた手腕からして、その作者が優れた頭脳と歌才のもち主だったのは間違いない。なるほど、「歌聖」とあがめられた人麻呂なら、能力的に十分資格はあるだろう。

さらに「いろは歌」には、ある暗号が隠されているともいわれる。七文字ずつ区切って書き、各行の最後の文字だけをつなげると、「とかなくてしす（咎《とが》〈＝罪〉なくて死す）」となるのだ。このことから、じつは「いろは歌」はただの教本ではなく、無実の罪で処刑されそうになった作者が、わが身の潔白を世に示そうとして残したものだ、という説もある。これは、34ページでご紹介する人麻呂＝猿丸説《さるまる》（人麻呂＝人丸＝猿丸に転じたという説）を強化する根拠としても、よく取り上げられている。

不当な処罰を受けた歌人といえば、菅原道真《すがわらのみちざね》もそうだ。彼は死後、その祟《たた》りを恐れた人々によって天満宮に祀《まつ》られたが、人麻呂もまた、全国各地の柿本神社《かきのもとじんじゃ》に祀られている。両神社への信仰は、意外に似通った起源をもっているのかもしれない。

なお柿本神社は、和歌の上達のほか、「人麻呂→人丸→火止まる」という発想から、防火にもご利益があるとされている。

冬
第4首

田子《たご》の浦《うら》に　うち出《い》でてみれば　白妙《しろたへ》の
富士《ふじ》の高嶺《たかね》に　雪《ゆき》は降《ふ》りつつ

山部赤人《やまべのあかひと》

〔田子の浦の浜に出て遠方を見上げると、真っ白い富士の高嶺には、今も雪が降り続けているよ。〕

人麻呂《ひとまろ》と並び称されるもうひとりの「歌聖」

山部赤人は、奈良時代を代表する歌人のひとり。24ページで紹介した柿本人麻呂とともに「歌聖」と呼ばれ、平安時代の歌人たちから、とくに強い尊敬を集めた。赤人と人麻呂を並び称する、「山柿」という呼称もあるくらいだ。当然、編纂《へんさん》者の藤原定家《ふじわらのていか》もそのことを意識して、両者の歌を並べたに違いない。

人麻呂同様、赤人も身分は低かったらしく、くわしい履歴はわかっていない。どうやら下級役人だったようで、朝廷の命令でしょっちゅう都（彼の時代は奈良）を離れ、当時はド田舎のへき地だった関東や四国などへ派遣されていたようだ。現代

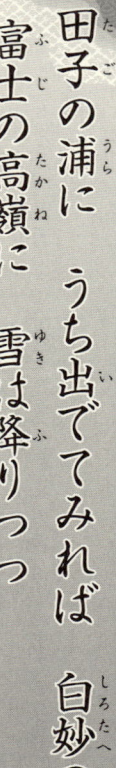

でいえば、単身赴任で地方を回っている公務員といったところか。

だが当人にとっては、そんな落ち着かない暮らしも、まんざら悪いものではなかったのだろう。というのは、彼は美しい自然の情景を歌に詠《よ》むことをとりわけ得意とし、見知らぬ土地へおもむくたびに、そこで出会った風物を、喜んで歌にしているからだ。この歌も、まさにそのひとつ。

舞台となる田子の浦は、現在の静岡県駿河《するが》湾あたり。赤人は、例によって公務でここを訪れた際、富士山の雄大さに感嘆して、これを詠んだという。その率直な大自然賛歌からは、後にしてきた遠い都を懐かしむといった、うしろ向きな望郷の念は、微塵《みじん》も感じられない。都にいては見ることのできないめずらしい景色を、素直に楽しむことができる、作者のポジティブな性格がうかがわれる。

リアリティよりも美しさを優先した、定家の価値観

さて、この歌もまた、オリジナルは『万葉集』に収録されている。そしてやはり、そのオリジナル版と百人一首版とでは、読み方が微妙に異なる。

オリジナル版は、例の万葉仮名《まんようがな》で「田児之浦従打出而見者真白衣不尽能高嶺尓雪波零家留」と表記されていた。これをそのまま解読すると、「田子の浦ゆうち出でてみれば真白にぞ富士の高嶺に雪は降りける」となる。

傍点をふった部分が百人一首版との違いだが、字面のうえでは、ごくわずかな差にすぎないともいえる。ところが、これが内容にもたらす影響はかなり大きい。とくに決定的なのが、最後の句だ。

オリジナル版の「雪は降りける」では、「雪が降っていたんだなぁ」となり、作者が白い富士山を見てそのことを悟る、という内容。対して百人一首版の「降りつつ」だと、「雪が今も降り続けているよ」になり、作者がそのようすを目の当たりにしていることになる。

理屈からいえば、この百人一首版は変だ。いくら田子の浦が富士山に近いとはいっても、そこから山頂までは何十キロメートルも離れている。望遠鏡でも用いない限り、山頂で降っている雪が、田子の浦に立つ作者に、見えるはずがない。

だが編纂者の定家は、その不自然さを承知のうえで、あえて「降りつつ」の読みを採用した(よくいえば改訂、悪くいえば改ざんした)といわれる。見えるはずのない遠方の風景を、あたかも見えるかのように詠む――そのほうが、より幻想的な美しさが立ちのぼるというのが、定家の見解だったのだ。彼はそんな自分の美意識を、「幽玄」とか「有心《うしん》」という言葉でいい表わした。

なるほど、絵画でも演劇でも、ときにリアリティより効果が優先されるのは、めずらしいことではない。芸術に虚構性は、欠かせない要素なのだ。

第4首 ❀ 山部赤人

秋
第5首

奥山《おくやま》に　紅葉《もみぢ》踏《ふ》み分《わ》け　鳴《な》く鹿《しか》の　声《こゑ》聞《き》くときぞ　秋《あき》は悲《かな》しき

〔奥深い山のなか、散り敷かれた紅葉の葉を踏み分けて鳴く鹿の声を聞くときには、とりわけ秋の悲しさが身にしみるよ。〕

猿丸大夫《さるまるだいふ》

謎に包まれた伝説の歌人、その正体は人麻呂《ひとまろ》？

柿本人麻呂（24ページ）、山部赤人（30ページ）と、詳細不明の歌人の歌が続いているが、第五首の猿丸大夫は、それに輪をかけて謎めいた人物だ。生没年はもちろん不詳。三十六歌仙のひとりに数えられていながら、確実に彼の作だといえる歌は一首もなく、実在さえ疑わしいといわれる。ほとんど伝説上の存在といってよい。

そのため、猿丸とはじつは、柿本人麻呂の異名ではないか、という仮説もある。提唱者は、哲学者の梅原猛《うめはらたけし》。彼は、人麻呂が政争に巻き込まれて、ときの権力者の怒りを買い、抹殺されたうえ貶《おとし》められて、名前を「人」から「猿」に変えられたのだろうと推理している（人麻呂は「人丸」と表記されることもある）。

学術的にはあまり信憑性《しんぴょうせい》がないとされているが、作家の井沢元彦《いざわもとひこ》はこの伝説を元に『猿丸幻視行《さるまるげんしこう》』なる歴史ミステリー小説を書き、江戸川乱歩賞を受賞した。

愛する人を求める思いを鹿に重ねて

かくも謎めいた作者に対し、歌の内容は単純明快。百人一首のなかでも最も意味がわかりやすい一首ではないだろうか。

とはいえ、解釈の分かれる点もなくはない。まず「紅葉を踏み分けているのは人か、鹿か」という議論がある。現在では、鹿と考えるのが妥当とされているが、確かに人が歩きながら鹿の声を聞いたとみても、意味は通じる。

また、通常紅葉といえば楓《かえで》のことだが、この歌が指すのはじつは萩《はぎ》ではないか、との説もある。楓が色づくのは秋の終盤、萩なら中盤。季節に多少ズレが生じる。だが、歌の内容からすれば、楓と解釈したほうがつじつまは合う。

というのは、鹿が悲しげな声で鳴くのは、楓が色づく晩秋だからだ。メスの鹿は「めか」と呼ばれるのが通例なので、ここに登場する鹿はオス。オスの鹿は晩秋になると、つれあいを求めて鳴く習性があるといわれる。おそらくは、作者も愛する人と離れて孤独な境遇にあり、鹿に自分を重ねていたのだろう。

冬
第6首

鵲《かささぎ》の　渡《わた》せる橋《はし》に　おく霜《しも》の　白《しろ》きを見《み》れば　夜《よ》ぞ更《ふ》けにける

（鵲が天の川に渡すという橋に、白く霜が下りたようになっているのを見ると、夜もすっかり更けてしまったのだなぁ。）

中納言家持《ちゅうなごんやかもち》

和歌を愛し、歌とともに生きた『万葉集』の編纂《へんさん》者

これまで見てきたとおり、百人一首の序盤を飾る歌は、もともと『万葉集』に収録されていたものが多い。その『万葉集』を編纂した中心人物と目されているのが、この歌の作者である中納言家持こと、大伴家持《おおとものやかもち》だ。『万葉集』には、長歌と短歌を合わせて約四千五百首の歌が収められているが、その一割以上の約四百七十首が、家持の作にあたる（ただし、この第六首は、『万葉集』には入っていない）。

その家持を生んだ大伴一族は、もともと武人の家系。そのなかで、彼の父である大伴旅人《おおとものたびと》は風流を好み、山上憶良《やまのうえのおくら》などの歌人と親しかった。彼らはよく一緒に歌

作にふけったようで、そのことが少年時代の家持に影響を与えた可能性は高い。

しかし、家持の成人後は政争や政変が重なり、彼は一族の長として、生き残りにかなりの苦戦を強いられることになった。結局、熾烈《しれつ》な権力闘争に敗北し、晩年は不遇だったともいわれる。心労の絶えなかったその生涯のなかで、和歌を詠《よ》むことは、彼にとって数少ない気晴らしの方法だったのかもしれない。

真冬に織姫と彦星を結んだロマンティックな一首

さて、そんな家持は、繊細で優美かつロマンティックな歌を得意とした。百人一首に収められたこの歌にも、その特徴はよく現われている。ただし、それを堪能《たんのう》するには、歌の背景に七夕《たなばた》伝説があることを、知っておかねばならない。

いうまでもなく七夕は、天の川にへだてられた織姫と彦星のカップルが、年に一度のデートを楽しむ日だ。中国の伝説によれば、鵲はそのデートの手助けをする鳥といわれている。鵲が群れを成して天の川を横断すると、その列が橋と化す。織姫は、それを渡って彦星に会いにゆくのだそうだ。

鵲は烏《からす》の仲間で、その身体は黒い。しかし腹と肩、そして翼の先端は白。「橋におく霜」は、その白い部分を指しているのだ。

以上のことをふまえてこの歌をみると、ファンタジックな恋物語をベースに、いかにも詩的な比喩が巧みに織り込まれていることがわかる。

が、よくよく考えてみると、この歌にはちょっと腑《ふ》に落ちない点もある。たとえば季節感だ。七夕といえば、もちろん七月。家持の時代は旧暦が用いられていたから、現在の七月とは多少のズレが生じるが、それにしても霜が下りるほど寒い時期ということはありえない。そんな季節に鵲の群れを見かけたとして、果たしてその白い模様から、「霜」を連想するものだろうか？

逆に、寒い季節に鵲の群れを見たのなら、作者がそれを橋になぞらえるのはおかしい。なぜなら、鵲の群れが橋と化すのは、年に一度、七月七日だけのはず。それ以外の日は、鵲はあくまでただの鳥にすぎない。

じつはこの歌については、作者は本物の鵲を見たわけではない、という説が有力視されている。当時の都（奈良の平城京）の御所では、建物と建物が階段でつながれていた。そしてその階段を、宮中の人々は「はし」と呼んでいたのだ。

武人だった作者は、その御所の夜間警護を任されることも多かったはず。その任についていたある晩、階段＝橋に下りた霜を見て、ふと、七夕伝説に出てくる鵲の橋を連想したのではないかというのだ。

これもまた季節はずれな連想といってしまえばそれまでだが、暑い季節に鵲を見て霜を連想するよりは、まだしも自然な気がする。

第6首 中納言家持

羈旅 第7首

天《あま》の原《はら》　振《ふ》りさけ見《み》れば　春日《かすが》なる
三笠《みかさ》の山《やま》に　出《い》でし月《つき》かも

安倍仲麻呂《あべのなかまろ》

〔大空をはるかに仰げば、月が出ている。あれは、かつて故郷の春日にある三笠山の上に出ていたのと、同じ月なのだなあ。〕

唐に渡るも帰国できなかった悲運な仲麻呂

この歌が詠まれた奈良時代、中国大陸では唐という帝国が栄えていた。日本はその先進的な文化や技術を学ぼうと、若く優秀な人材をしばしば同国へ留学させていた。そうして送り出された留学生たちを、「遣唐使《けんとうし》」という。

遣唐使の派遣は約十〜二十年おきにくり返され、平安時代（八九四年）まで続いた。多いときには一度に五〜六百人が、複数の船に分乗して日本を発《た》ったという。

だが、当時の航海術や造船技術は、後世に比べてまだまだ未熟。その渡航には、遭難の危険がつきものだった。事実、志なかばで散った若者も少なくない。

安倍仲麻呂も、とうとう帰国できなかった遣唐使のひとりだ。この歌は、遠い異郷で生涯を終えた彼が、望郷の念を込めて現地で詠《よ》んだものと伝えられている。

帰国の喜びを詠んだ歌が、一転して哀しみの歌に

歌に出てくる春日は、現在の奈良県奈良市にある。由緒ある神社・春日大社《かすがたいしゃ》の所在地として有名だ。三笠山は、その春日大社の後方にそびえる春日山の一部だ。

この地は、単に作者の故郷というだけではなく、遣唐使たちにとって特別な意味をもっていた。彼らは日本を発つ前、御蓋山《みかさやま》（春日山）で旅の無事を祈願するならわしだったのだ。当然作者は、まだ見ぬ異郷に期待と不安を募らせていた若き日のことを思い出していたに違いない。

こういうと、いかにも故郷へ帰れぬ者の哀しみを詠んだ歌と思われがちだ。しかし、本来この歌に込められた感情は、哀しみよりもむしろ喜びのはずだった。仲麻呂がこれを詠んだのは、唐で三十年を過ごした後、ついに帰国することが決まったときだといわれているからだ。が、やがてその喜びは失望に変わった。帰国途中で遭難しかけた彼は、結局唐へ引き返さざるをえなかったのだ。

その後、彼は二度と帰国の機会を得られなかった。そんな後日談を知る後世の人間が、この歌を哀切感と切り離して鑑賞するのは、無理というものだろう。

陰陽師の先祖説をもつ悲劇のエリート遣唐使

安倍仲麻呂《あべのなかまろ》

（六九八？〜七七〇？年）

安倍仲麻呂が十六歳で唐へ渡ったとき、唐を治めていたのは玄宗皇帝《げんそうこうてい》（世界三大美女のひとり、楊貴妃《ようきひ》を寵愛《ちょうあい》したことで有名）だった。仲麻呂はこの玄宗皇帝にとても気に入られ、唐で順調に出世を重ねながら、李白《りはく》や王維《おうい》といった大詩人たちとも交流をもったといわれる。

帰国を試みて失敗したのは、五十歳のころ。この挫折が彼を落胆させたのは確かだろうが、その後唐の高級官僚として要職を歴任し、七十二歳まで生きたのだから、その生涯はトータルでみれば意外に幸福だったかもしれない。

だが、彼が残した望郷の歌を目にした後世の日本人は、異郷で没した彼に同情するあまり、実際以上に彼を悲劇的人物と見なした。そこから、こんな伝説が生まれている。

いわく、仲麻呂は唐で不幸な死に方をして鬼になった。そして、のちに同じ日本人である吉備真備《きびのまきび》が唐に渡って危機に直面したとき、その命を救った。おかげで無事に日本へ帰ることができた真備は、唐で手に入れた文献をたずさえて、恩人・仲麻呂の子孫を訪ねる。その文献とは、古代中国が生んだ呪術体系・陰陽道の極意書。三百年後、その子孫の家系から生まれたのが、かの安倍晴明なのだそうな。物語としてはおもしろいが、史実と見るにはやはりできすぎな作り話というべきだろう。

雑
第8首

わが庵《いほ》は　都《みやこ》のたつみ　しかぞ住《す》む
世《よ》をうぢ山《やま》と　人《ひと》はいふなり

喜撰法師《きせんほうし》

〔わが家は都の東南にあり、私は快適に暮らしている。けれど世間の人は、世のつらさを逃れて宇治山にこもったといってるそうだ。〕

たった一首で後世に名を残した、謎の世捨て人

第四首以降、しばらく奈良時代の歌人が続いたが、ここから先はいよいよ平安時代の歌人が登場する。その先陣を切るのが、喜撰法師だ。

彼もまた謎めいた人物で、本名、出自、履歴、生没年などはいっさい不明。彼の作だとわかっている歌も、この一首しかない。それにもかかわらず、彼は六歌仙のひとりに数えられている。つまり、たった一首で後世に名を残したわけで、そのことからも、この歌がいかに高く評価されてきたかがわかるだろう。

なお喜撰法師については、不老不死だったとか、雲に乗って天上へ去った、など

の仙人じみた伝説がある。当人が聞いたら、腹を抱えて笑い転げたに違いない。

言葉遊びの掛詞《かけことば》で世間を皮肉る

この歌もまさに、自分に対する世間の無責任な憶測を、洒落《しゃれ》をまじえて皮肉ったものだ。ここでいう洒落とは、一語にふたつの意味をもたせる和歌の技法「掛詞」のこと。まずは、「世をうぢ山と」の部分がそれにあたる。

これには、作者の住む「宇治山（現在の喜撰山。京都府宇治市にある）」と、「世を憂し」という言葉が掛けられている。その両方の意をくんで解釈すれば、「世のなかを憂し（つらい）と感じ、そのつらさから逃れるために宇治山にひきこもった」となる。しかし、それはあくまで世間の人がそううわさしているだけで、当人にはそんなつもりはないよ、というのが歌の主旨。宇治は当時、人里離れた寂しい場所と見なされていたが、自分はそこでの気楽な生活を楽しんでいるのだから、同情も心配も余計なお世話だと、作者は暗に主張しているのだ。

くわえて「しかぞ住む」の部分も、「このように」を意味する「然」と動物の「鹿」、「住む」と「澄む」の、二重の掛詞だといわれる。「このように鹿もいる地に澄んだ気持ちで住んでいる」といったところか。なるほど、これだけポンポン洒落が飛び出すようなら、たしかに同情や心配は不要だろう。

春 第9首

花《はな》の色《いろ》は　移《うつ》りにけりな　いたづらに
わが身《み》世《よ》にふる　ながめせしまに

〔桜の花の色はあせてしまったわね、長雨が降り続く間に。私の容色も衰えてしまったわ、もの思いにふけっているうちに。〕

小野小町《おののこまち》

定家《ていか》・貫之《つらゆき》・公任《きんとう》の三大歌人が選んだ歌姫

百人一首に登場する歌人たちのなかには、「六歌仙のひとり」、あるいは「三十六歌仙のひとり」といった肩書きをもつ者が少なくない。だがその両方をあわせもつ歌人となると、わずかに三人だけ。小野小町はそのひとりだ（ちなみに後のふたりは、在原業平《ありわらのなりひら》と、のちに登場する僧正遍昭《そうじょうへんじょう》）。

六歌仙は紀貫之が、三十六歌仙は藤原公任が選んだ、和歌の名人リスト。考えてみれば、百人一首もまた藤原定家が選んだ同種のリストにほかならないから、そのすべてに名を連ねる小野小町は、和歌の大家三人がこぞって認めた存在といえる。

いっぽうで彼女は、エジプトのクレオパトラ、中国の楊貴妃《ようきひ》と並んで、「世界三大美女」のひとりにも選ばれている（ただし、このセレクトが通用するのは日本だけ。海外では彼女の代わりに、ギリシア神話上の人物、トロイのヘレンが入る）。芸術的才能だけでなく、美貌《びぼう》にも恵まれた才色兼備の女性なのだ。

しかし、いかなる美人といえども、その美貌をいつまでも保つことはできない。年をとれば、容色が衰えるのは避けられない。美人であればこそ、それを自覚したときの憂愁はより深まるだろう。この歌は、そんな女性心理を詠《よ》んだものと解釈される。しかし、作者が何歳くらいのころの作かは不明。四十歳を過ぎると長寿とされた平安時代だから、現代の感覚では、まだ若い時期だった可能性もあろう。

修辞法をフル活用した和歌の才能

ただの美女なら、老けたことを嘆くだけで終わってしまうが、その嘆きを見事な芸術作品に昇華する才があっただけ、小野小町はまだ幸せかもしれない。どのあたりが見事なのか？　それは、歌の構造を分析することでわかってくる。

第一の注目点は、「花の色」だ。花といえば平安時代より前は梅を指すのが通例だったが、平安時代には桜がそれにとって変わっていた。ただ、この歌では単なる桜ではなく、女性の若さや容姿の隠喩になっている。

第二の注目点は、「世にふる」と「ながめせしまに」。これらはともに掛詞で、前者には「(雨が)降る」と「(年月を)経る」、後者には「長雨」と「眺め」といった具合に、それぞれ二重の意味が込められている。なお、「眺め」は景色のことではなく、「もの思いにふける」という意味だ。

第三の注目点は「いたづらに」。これは「はかなく・むなしく・無駄に」という意味だが、それがどこに掛かっているかがポイント。まずは倒置法を用いて直前の「移りにけりな」に、次に直後の「世にふる」に、そして最後の「ながめせしまに」と、一語がじつに三カ所におよんで掛かっているのだ。

以上のことをすべてふまえて歌の内容をとらえると、「長雨が降っている間に、また、私が無駄に年月を過ごして、むなしいもの思いにふけっている間に、桜の花も私の若さも、はかなく色あせてしまったよ」となる。

隠喩、掛詞、倒置法など、さまざまな仕掛けが複雑に絡み合って、短いなかにじつに豊富な内容が含まれていることがわかるだろう。一語に幅広いニュアンスが込められる、日本語の特性をあますところなく活用してみせたその手腕は、まさに才女の呼び声に恥じない。悲しみの気持ちを表わすにあたって、一度も悲しいという言葉を使っていないのも、日本語ならではのデリケートな表現。和歌の名人が、日本語の達人でもあるということを知らしめる一首といえる。

第9首 小野小町

数々の伝説で男を負かせる絶世の美女

小野小町《おののこまち》

（生没年不詳）

才色兼備という名声のわりに、小野小町の生涯について、確実にわかっていることは少ない。しかし、嘘か真《まこと》かあやふやな逸話や伝説は、多く伝わっている。

まずその才能を伝えたものとしては、大友黒主《おおとものくろぬし》（六歌仙のなかで唯一、百人一首に選ばれていない人物）との勝負話がある。

小町と歌会で手合わせすることになった黒主が、敗北を予感し、小町に罠《わな》を仕掛ける。黒主は小町の歌を盗作として告発し、証拠を捏造《ねつぞう》するが、黒主の家来が真相を暴露。小町の名声はますます上がり、黒主は面目を失うという内容だ。

美貌《びぼう》や性格を伝えたものとしては、深草少将《ふかくさのしょうしょう》との恋愛話が有名。少将に求愛された小町は、「百夜の間、毎日通ってくれれば、あなたの妻になる」という条件を出す。少将は雨の日も風の日もけなげに立ち続けるが、九十九日め、とうとう精根尽きて死んでしまう。

こうした高慢さのむくいを受けたのか、小町の晩年から死後をあつかった逸話には、悲惨なものが多い。老いて容貌《ようぼう》も衰えたあげく、孤独死して白骨が野ざらしになり、幽霊となって通りがかった人の前に姿を現わしたりする。

とくに能や浄瑠璃《じょうるり》には、こうした小町を主人公とする演目が多く、「小町もの」というジャンルにさえなっている。

雑
第10首

これやこの 行《ゆ》くも帰《かへ》るも 別《わか》れては 知《し》るも知《し》らぬも 逢坂《あふさか》の関《せき》

これがかの有名な逢坂の関だ。旅立つ人も帰ってくる人も、知り合い同士も見知らぬ同士も、ここで出会って別れるといわれているよ。

蟬丸《せみまる》

東西をつなぐ交通の要所で、人間観察する隠者

歌の舞台である「逢坂の関」は、現在の京都府と滋賀県の境界にあった関所の名。平安時代中期には、東海道の「鈴鹿《すずか》の関」、東山道の「不破《ふわ》の関」と合わせて、「三関《さんせき》」と呼ばれていた。今も使われている関東・関西という言葉は、この三関の東側と西側を分けるものであった。

その三関のなかでも、逢坂の関がもつ重要性はとりわけ高かった。東へ向かう街道が、皆この関所を共通の検問所としていたからだ。つまりここは、京の都へ出入りする際に、誰もが通過する玄関のような場所だったのだ。

作者の蟬丸は、そんな逢坂の関のそばに住む隠者だと伝えられる（彼の時代には、すでに関所は廃止されていたと推測されるが、にぎわいは相変わらずだった）。盲目ながら琵琶《びわ》の名手で、じつは醍醐《だいご》天皇のご落胤《らくいん》だという伝説もある。

くり返される出会いと別れに、世の無常を思う

関所を現代のものにたとえるなら、高速道路の料金所のような存在といえよう。しかし、会話らしい会話もないまま自動車がすれ違うだけの今の料金所に、往時の関所の面影はない。むしろこの歌に描かれた関所とよく似た雰囲気をもっているのは、新幹線が発着するような大きな駅のホームだ。

そこでは日夜、出会いと別れのドラマがくり広げられている。列車に乗り込む人、それを見送る人、列車から降りてくる人、それを出迎える人。日がな一日、ベンチに腰掛けて彼らが交わす会話に耳を傾けてみよう。ほんの断片にすぎないが、彼らの人生をちょっとのぞき見た気分になるかもしれない。

それこそは、関所のそばで蟬丸が見聞きしていた（盲目だったというのが事実なら、聞いていただけだが）光景の再現といえる。その光景から、同じようなことをくり返しながらも、時は移ろい、世は変わりゆくのだという無常観を感じることができれば、かつて蟬丸が抱いた感慨が、少し理解できるのではないだろうか。

羇旅 第11首

わたの原《はら》 八十島《やそしま》かけて 漕《こ》ぎ出《い》でぬと 人《ひと》には告《つ》げよ あまの釣《つ》り舟《ぶね》

〔漁師の釣り舟よ、都にいるあの人に伝えておくれ。私は大海原の多くの島を目指して、舟を漕ぎ出していったよと。〕

参議《さんぎ》篁《たかむら》

遣唐使を辞退したうえ風刺して、島流しにあった反逆児

遣唐使《けんとうし》については40ページで触れたが、この歌の作者・小野篁《おののたかむら》も遣唐使団の一員に選ばれたひとりだ。ただし篁は、第七首の作者・安倍仲麻呂《あべのなかまろ》（40ページ）と違い、唐へは渡っていない。渡航の直前、一団のリーダーである大使の藤原常嗣《ふじわらのつねつぐ》と衝突し（原因は常嗣の横暴さにあったといわれる）、仮病を使って乗船を拒否したのだ。

さらには腹いせに、「西道謡《さいどうのうた》」なる詩をつくって遣唐使を風刺することまでやってのけた。これがときの権力者・嵯峨上皇《さがじょうこう》の怒りにふれ、篁は隠岐《おき》（現在の島根県）へ流刑に処されることになる。この歌は、彼が流刑地へ向かう途中、海上ですれ違っ

た漁師の釣り舟に呼びかけるようにして詠《よ》んだものだといわれる。

以上の経緯からも、篁がなかなか反骨精神旺盛な人物だったことは察せられるだろう。漢詩を得意とする文化人ながら武道をも好んだ篁は、納得のいかぬことには従わず、そのために罰せられることもいとわない、剛直さを備えていたのだ。

逆境を乗り越え、復帰後は一躍人気者に

この歌には、処罰の不当さを恨んだり、わが身の不遇を嘆くような女々しさは、いっさい感じられない。むしろ、八十もの島々が浮かぶ広い海へ舟を漕ぎ出していく自分を、凛々《りり》しい英雄に見立てているような風情さえある。

「人には告げよ」の「人」が、具体的に誰を指すのかは不明だが（家族、友人、恋人など、どうとでもとれる）、とにかくその人に、自分が肩を落として泣きながら流されていったとは、思われたくなかったのだろう。「自分は元気に旅立っていったと伝えてくれ」という呼びかけは、男らしいやせ我慢ともいえる。

もっとも、篁は数年後に罪を許され、晴れて都に帰還できた。歌に添えられた作者名の「参議」は、帰還した後で得た高位の役職だ。

逆境をバネに出世を遂げた彼は世人の人気者となり、平安時代末期〜鎌倉時代初期には、彼を主人公とした『篁物語《たかむらものがたり》』という物語まで創作された。

雑
第12首

天《あま》つ風《かぜ》　雲《くも》の通《かよ》ひ路《ぢ》　吹《ふ》きとぢよ
乙女《をとめ》の姿《すがた》　しばしとどめむ

僧正遍昭《そうじょうへんじょう》

〔空の風よ、雲のなかの道を吹き閉ざしておくれ。舞を終えて帰ろうとしている天女たちを、今しばらくこの場にとどめおきたいのだ。〕

好色な爺《じい》さんと誤解されがちな純情青年

和歌のなかには、詠《よ》まれたときの状況を前もって知っておかないと、内容を十分に理解できないものが少なくない。この歌もそのひとつだ。

この歌の場合は、予備知識がなくてもとりあえず、作者が若い娘の美しい姿に見とれていることだけは、なんとなく察せられるだろう。

ところが作者名には、僧正とある。僧正は、僧侶のなかでもとくに高い地位。それなりに年齢を重ねた者が背負う肩書きだ。そんな人物が若い娘に見とれている光景を想像して、なにやら不潔な印象を抱く人も多いのではないか。実際、江戸時代の庶民の間でも、作者の遍昭のことを、聖職者のくせに若い娘に欲情しているエロ爺とみなす風潮はあったらしい。だが、それは完全な誤解だ。

じつは作者は、これを詠んだ時点ではまだ出家もしていなかったし、若かった。俗名は良岑宗貞《よしみねのむねさだ》。桓武天皇《かんむてんのう》の孫にあたる名家の御曹司だ。そんな彼が出家を決意したのは、三十五歳のとき。自分をかわいがってくれた仁明天皇《にんみょうてんのう》が亡くなったので、亡き天皇を弔《とむら》うために僧になったのだという。それがわかれば、エロ爺から一転、純情多感な青年貴族という作者像が浮かんでくるだろう。

百人一首の編纂《へんさん》者・藤原定家《ふじわらのていか》が、作者名を俗名の良岑宗貞ではなく、僧正遍昭としたのは、歌集を編むとき、亡くなった歌人については最後の地位や身分で呼ぶのが慣例だったからだ。遍昭はそのおかげで、後世にあらぬ誤解を受けたのだった。

生身の人間を、空へ帰っていく天女に見立てる

のちの僧正遍昭こと、若き日の良岑宗貞がこの歌を詠んだのは、陰暦十一月に、毎年宮中で行なわれる「豊明《とよのあかり》の節会《せちえ》」という行事に列席したときのことだといわれる。この行事のなかでは、選ばれた未婚の貴族の娘たちが四〜五人、舞いを披露するのがならわしだった。この娘たちのことを、「五節《ごせち》の舞姫《まいひめ》」と呼ぶ。歌に詠まれた「乙女」とは、彼女たちのことだ。

その「五節の舞姫」の起源は、天武天皇《てんむてんのう》の時代、天女が空から舞い降りてきて、天皇の前で踊ったという伝説にある。つまり「五節の舞姫」は、天女に扮《ふん》しているわけだ。伝説の天女は、舞いを終えると雲のなかの道を通り抜けて、空へと帰っていった。その通り道が、「雲の通ひ路」だ。

むろん、「五節の舞姫」たちは本物の天女ではないから、舞いを終えてもただ舞台から退場するだけ。実際に空へ帰ったりはしない。が、若く純情な宗貞の目には、彼女らが本物の天女のように美しく、神々しく見えたのだろう。

それが錯覚にすぎないことは、彼もわかっている。しかし、これまでにも幾度かふれてきたように、身も蓋《ふた》もない現実よりは、錯覚の美しさこそを大切にするのが、歌心というもの。作者はその錯覚を、壊したくなかったのだ。

そこで、彼はあえて乙女たちを天女と信じているポーズをとり、「天つ風」、つまり空を吹く風にお願いする。「雲の通ひ路」を閉ざして、天女が帰れないようにしてくれ。もうしばらく天女たちの姿を眺めていたいから、と。

このように、虚構と現実を同一視する視線を、和歌の世界では「見立て」と呼ぶ。

現代でもフィクションの人物を現実と同一視して楽しむ人は多い。今も昔も、「見立て」には人々の心をくすぐる何かがあるのかもしれない。

第12首 僧正遍昭

恋 第13首

筑波嶺《つくばね》の　峰《みね》より落《お》つる　みなの川《がは》
恋《こひ》ぞつもりて　淵《ふち》となりぬる

陽成院《ようぜいいん》

［筑波山の峰から流れ落ちる男女川《みなのがわ》の水が、少しずつ溜まってやがて淵となるように、私の恋心も積もり積もって淵になったよ。］

殺人の容疑をかけられた異端の天皇

気性が激しい、温厚、まじめ、享楽的など、百人一首の歌人たちの個性はまちまちだが、最も強烈な個性のもち主といえば、おそらくこの歌の作者、陽成院だろう。概して芸術家には、世間の常識からちょっとズレたエキセントリックな奇人が多い。彼はまさにそんなタイプだった。

歴史の本などでは、彼は陽成天皇と呼ばれることが多い。九歳で即位し、それから約七年間は皇位にあったからだ。だが十七歳のとき、周囲に退位を迫られ、しぶしぶながら第十五首の作者・光孝天皇《こうこうてんのう》（66ページ）にその座をゆずることになった。

表向きの理由は病気だが、その後六十年以上、つまり八十歳近くまで生きたのだから（当時としては大変な長寿）、肉体的には健康だったに違いない。

しかし病気というのも、まんざら嘘とはいい切れない。精神に何らかの障害をもっていた可能性は高いのだ。それをうかがわせるのが、在位中の奇行の数々。犬と猿を戦わせて殺し合うのを眺めたとか、若い女官を琴の糸で縛って水責めにしたなど、サディスティックな逸話が多く伝わっている。

それらに対する批判が頂点に達したのは、宮中で帝《みかど》の乳母《めのと》の子が撲殺されるという椿事《ちんじ》が発生したときだ。陽成天皇が犯人かどうかは不明だが、それまでの行動からして、その疑いは濃厚だった。周囲もついに、殺人の嫌疑をかけられるような人物が皇位にあっては、天皇家の権威は地に堕《お》ちると判断したのだった。

その周囲の代表が、陽成天皇の伯父にあたる有力政治家・藤原基経《ふじわらのもとつね》だ。最終的に陽成天皇は、この伯父によって皇位から引きずり下ろされ、上皇（存命中に退位した元天皇）となった。しかし、陽成院（院は上皇に対する尊称）と呼ばれるようになってからも、当人は最後までこの処遇を不服としていたといわれる。

そんな経緯からして、陽成院が自分の後釜として皇位についた光孝天皇を恨んでいたとしても、不思議はない。だが皮肉なことに、彼はその光孝天皇の皇女に恋をしてしまう。この歌は、その皇女・綏子内親王《すいしないしんのう》に宛《あ》てたラブレターだ。

素朴ながら強い恋心が、相手の心を打つ

内容は、ごくオーソドックスな恋歌。狂気に彩られた半生を送ったといううわさがあるような人の作にしては、意外なほど素朴で、純情ささえ感じさせる。悪名高い暴君にもこんな一面があったのかと驚く人も多いだろう。

舞台となる茨城県の筑波山は、男体山《なんたいさん》と女体山《にょたいさん》とからなり、その両方から流れ落ちる水流が、合流して男女川《みなのがわ》(水無乃川とも書かれる)となる。このことから、恋の歌の背景としてはうってつけとされ、古来、よく歌に詠《よ》まれた。

じつは陽成院は、実際にこの場を訪れたことはなく、山の姿も見たことはなかったという。先人たちの歌を通じて把握しているイメージをもとに、山中の情景を想像しながらこの歌を詠んだのだろう。

近代以降の日本文学では、とにかく実体験を土台としたリアリティが重視される傾向が強いので、ともすればこうした創作法は敬遠されがちだが、募る思いを水が溜まっていくようすにたとえた点は、作者のリアルな恋心を思わせる。その実感と空想上の美しい情景のあわせ技が女心をくすぐったのか、のちに陽成院は綏子内親王を妃《きさき》とすることに成功した。まずはめでたし、といったところか。

第13首 陽成院

恋
第14首

陸奥《みちのく》の　しのぶもぢずり　誰故《たれゆゑ》に　乱《みだ》れ初《そ》めにし　われならなくに

〔陸奥《むつ》の染め物「信夫もぢずり」の乱れ模様のように、私の心も乱れ始めた。誰のせいか？　私ではない、あなたのせいだ。〕

河原左大臣《かわらのさだいじん》

『源氏物語』を地でいく鴨川のほとりの光源氏

平安貴族といえば、金と暇をもて余して恋愛遊戯にばかりふけっていたというイメージをもっている方も、少なくはあるまい。美貌《びぼう》の貴公子・光源氏《ひかるげんじ》の恋愛遍歴を描いた『源氏物語』が、そのイメージ形成にひと役買っているのは確かだろう。この歌の作者・河原左大臣は、その光源氏のモデルともいわれている。

本名は源融《みなもとのとおる》。嵯峨天皇《さがてんのう》を父にもつが、源氏の姓を与えられて皇族からはずされたので、皇位継承権はなかった。しかし多くの重職を歴任したのち、左大臣という高い地位にまで出世したくらいだから、非常に羽振りはよかった。

その財力にものをいわせて、彼が京の鴨川のほとりに建築したのが、「河原院《かわらのいん》」と呼ばれる大豪邸だ。河原左大臣という彼の通称は、そこからきている。光源氏同様、源融もまた、かなりのプレイボーイだったらしい。この歌も心変わりを恋人になじられた際、弁解の言葉を歌に託して送ったものだという。

和歌で相手の怒りを鎮める平安時代のモテテクニック

「自分の心がこんなに乱れているのは誰のせいだと思っているのだ？」というのが歌の主旨だが、その裏には、明言はしていなくとも「あなたのせいだ」と、相手を責めるニュアンスが明らかにこもっている。

「あなたのせいで私の心は乱れている」といわれて、自尊心をくすぐられない女性はいないだろう。こんなふうに説かれれば、自然と女性の怒りも消えてしまうというもの。融は、じつにたくみに相手の怒りを鎮めたのだ。

なお、京から遠く離れた陸奥（東北）の地は、平安時代の都人にとってある種のあこがれの対象だった。心乱れるさまを、その陸奥の特産品である「信夫もぢずり」（乱れ模様の染めもの）にたとえたのは、ロマンティックな効果をねらってのこと。「信夫」と「忍ぶ」、「染め」と「初め」が掛詞《かけことば》になっている点も見逃せない。こうした技巧を自在に操れる教養人が、平安時代ではおおいにモテたのだ。

春
第15首

君《きみ》がため　春《はる》の野《の》に出《い》でて　若菜摘《わかなつ》む
わが衣手《ころもで》に　雪《ゆき》は降《ふ》りつつ

〔あなたに食べてもらおうと思って、早春の野に出て若菜を摘んでいます。そんな私の袖《そで》に、雪がひらひらと舞い落ちていますよ。〕

光孝天皇《こうこうてんのう》

基経の操り人形として即位した、おとなしい皇族

作者は光孝天皇だが、この歌を詠《よ》んだ時点ではまだ即位しておらず、時康親王《ときやすしんのう》と称していた。が、即位前だからといって若いころの作とはいい切れない。というのは、彼が即位したのは五十五歳と、かなり遅めだったからだ。

じつは時康親王の皇位継承順位はあまり高くなかった。順当にいけば、別の人物が即位していても不思議はなかったのだ。なのに時康親王が天皇になれたのは、政界の有力者、藤原基経《ふじわらのもとつね》の強い推薦があったから。政治の実権を握りたい基経には、彼のおとなしい性格がコントロールしやすく好ましいと判断されたらしい。

その思惑どおり、光孝天皇の在位中に事実上の関白となった基経は、天皇が在位わずか四年で崩御したのちも、絶大な権力を維持してゆくことになる。

贈り物の若菜に添えて詠んだやさしい思い

後世における光孝天皇の評判は、けっして悪くない。聡明で学芸に優れ、性格は温和で謙虚。人望もあったという。この歌は、そんな光孝天皇がある人物に若菜を贈った際、挨拶《あいさつ》状代わりに添えたものだと推測されている。

若菜とは、現在でいう「春の七草」のこと。一月七日に「七草がゆ」を食して無病息災を祈る習慣が庶民にまで広まったのは江戸時代以後だが、公卿の間ではすでに平安時代にその原形ができあがっていたのだ。当然、歌にある「春」は「新春」を指す。一月だから、雪が降ってもおかしくないわけだ。

贈った相手が誰かは不明。前述した藤原基経への心づけではないかといううがった説もあるが、それでは歌のやさしい雰囲気が台なしになる。やはり相手は女性で、その喜ぶ顔を思い浮かべて詠まれたと思ったほうが、微笑ましい。

ただ、誰のためであれ、親王クラスの貴人がみずから若菜摘みに励んだとは考えにくい。おそらく使いの童《わらべ》などが摘みに行ったのだろう。その意味で、この歌には少し誇張が含まれている。が、この程度のフィクションは和歌につきものなのだ。

離別
第16首

立《た》ち別《わか》れ　いなばの山《やま》の　峰《みね》におふる
まつとし聞《き》かば　今帰《いまかへ》り来《こ》む

〔別れて因幡へ行く私だが、その因幡山《いなばやま》の峰にはえる松のように「待つ」と諸君がいってくれるのを聞いたら、すぐ帰るよ。〕

中納言行平《ちゅうなごんゆきひら》

能でつくりあげられた流浪の貴公子イメージ

中納言行平こと在原行平《ありわらのゆきひら》がこの歌が詠《よ》んだときの状況については、二種の逸話が伝えられている。ひとつめは、行平が三十八歳のときの話。公務で因幡（現在の鳥取県）へ赴任することになった彼のために、京の友人たちが送別会を開いてくれた。その席上で、彼は挨拶《あいさつ》代わりにこの歌を披露したのだという。

ふたつめは、それより後年の話。二年の任期を終えて因幡から帰京した行平は、その後いかなる原因でか、天皇の怒りを買い、今度は須磨（現在の兵庫県）へ蟄居《ちっきょ》することになった。その須磨の地で、彼は松風・村雨という若い姉妹と恋に落ちる。

が、三年後には罪を解かれ、京へ戻ることに。その際、別れを嘆く姉妹たちに、行平はこの歌を残していったのだという。

結論からいえば、信憑性《しんぴょう》が高いのは最初の説だ。二番めの説は、能の演目『松風』で広まった伝説にすぎない。行平が因幡に赴任したことがあるのは史実だが、須磨に蟄居したことがあるかどうかは定かでない。伝説が有名になったため、後世、行平には「流浪の貴公子」という悲劇的イメージが濃くなったが、実際の彼は官吏として順調に出世を重ねたので、けっして不遇ではなかったはずだ。

詠まれているのはへんぴな田舎に染まらぬ決意?

歌そのものは、掛詞《かけことば》がふたつ使われており、技巧的な感が強い。

最初の掛詞は「いなば」。ここには、任地である「因幡」と、そこへ行くという意味の「往なば」が掛けられている。次の掛詞は「まつ」。「松」と「待つ」が掛けられているが、あえて植物の松をもち出したのは、因幡という地が松の名所として知られていたからこそだ。

いずれにせよ、都会人である行平にとって、松しかないような田舎へおもむくのは、気の重いことだったに違いない。「今帰り来む＝すぐ帰るよ」という言葉は、友人たちではなく、自身にいい聞かせたものだったのかもしれない。

秋 第17首

ちはやぶる　神代《かみよ》も聞《き》かず　龍田川《たつたがは》　から紅《くれなゐ》に　水《みづ》くくるとは

在原業平朝臣《ありわらのなりひらあそん》

〔不思議なことが多かったという神代にも、こんな光景があったとは聞いたことがない。龍田川が、水を紅色にくくり染めにするなんて。〕

『伊勢物語』に描かれた駆け落ちカップルのその後

68ページの在原行平《ありわらのゆきひら》に続き、その弟である在原業平が登場。業平といえば、歌物語『伊勢物語』の主人公「昔男」のモデルとして有名だ。

その『伊勢物語』のなかに、主人公が高貴な女性と駆け落ちを試みて、失敗するという逸話がある。この相手の女性、名は明記されていないが、モデルは藤原高子《ふじわらのたかいこ》だというのが、古くからの定説。高子とは、のちの清和天皇《せいわてんのう》の妃《きさき》・二条の后のことだ。第十三首の作者・陽成院《ようぜいいん》（60ページ）の母でもある。

そんな高子が、若いころ業平と恋仲だったのはどうやら事実らしい。結局ふたりは結ばれなかったが、高子が二条の后となったのちも、しばしば会う機会はあった。この歌も、後年、業平が彼女の求めに応じて詠《よ》んだものだという。

大げさに屏風絵をほめる作者、その心理とは……？

龍田川は奈良にある紅葉の名所。この歌は、その龍田川の水面を、紅葉の葉が赤く埋めつくして流れてゆくようすを、染め物の模様にたとえて讃えている。ただ讃えるだけでなく、「こんなに美しい光景は神代にもなかっただろう」と、大げさに感嘆しているが、じつはこの感嘆、心底からのものではなく、ある種のポーズではないかと思われる。というのは、業平が実際に目にしたのは本物の龍田川ではなかったからだ。彼は元恋人である二条の后に、彼女が所蔵する屏風に添えるための歌を頼まれた。その屏風に、龍田川の絵が描かれていたのだ。

このように、先に製作された屏風に後から添えられた歌を、「屏風歌《びょうぶうた》」という。業平たちの時代には、こうした遊びが風流なものとして流行していた。歌人としては、屏風のできばえを讃えて、所有者を喜ばせるのがマナー。であれば、歌に作者の本心がこもっているかどうかは、問うだけ野暮というものだ。

むしろ気になるのは、昔の恋人に歌を求めた女と、それに応じた男の心理のほうだろう。しかし、それは歌には反映されていないので、想像するほかない。

『伊勢物語』のモデルは世間を騒がす色男

在原業平《ありわらのなりひら》

（八二五～八八十年）

高校の古文の教材や入試の問題によく用いられる『伊勢物語』。全百二十五段からなる各話がほぼ毎回「昔、男ありけり」で始まることは、受験勉強を通じてご存じの方も多いだろう。この「昔男」の本名はあくまで不詳だが、作中で彼が詠《よ》む歌の大半は、在原業平の作。両者を完全に同一視することは禁物だが、「昔男」のモデルが業平なのは確実といってよい。

その業平は、64ページの河原左大臣《かわらのさだいじん》（源融《みなもとのとおる》）や78ページの元良親王《もとよししんのう》同様、プレイボーイだったという。それを反映してか、『伊勢物語』の「昔男」も、幾多の女性たちと恋をしている。

なかでも名高い逸話が、第六段「芥川《あくたがわ》」と第六十九段「狩《かり》の使《つかい》」だ。前者は「昔男」がある娘と駆け落ちを試みる話で、彼が追手に気をとられているうちに、娘は鬼に食われてしまう。後者では、「昔男」は伊勢神宮の斎宮を誘惑し、まんまと密会に成功する。斎宮とは皇族から選ばれた神に仕える女性で、本来は純潔を保つべき身。つまりは禁断の恋の話だ。

いずれのヒロインも作中では匿名だが、モデルは特定されている。前者は二条の后（藤原高子《ふじわらのたかいこ》）、後者は恬子内親王《てんしないしんのう》（文徳天皇《もんとくてんのう》の皇女）。逸話自体は創作としても、業平と彼女らとのロマンスは、平安時代からうわさになっていたという。『伊勢物語』は、意外に通俗的なゴシップをネタとしているのだ。

恋
第18首

住《すみ》の江《え》の　岸《きし》による波《なみ》　よるさへや
夢《ゆめ》の通《かよ》ひ路《ぢ》　人目《ひとめ》よくらむ

〔住の江の岸に寄る波ではないけれど、あなたは昼だけでなく夜の夢のなかでさえ人目を避けて、来てくれないのね。〕

藤原敏行朝臣《ふじわらのとしゆきあそん》

その字は国宝級、空海に並ぶ書の達人

藤原敏行は三十六歌仙のひとり。当然、歌人として一定以上の名声を得ていたわけだが、いっぽうではかの弘法大師《こうぼうたいし》こと空海《くうかい》と並ぶ、書家として有名だった。

その書は、神護寺（京都市右京区）所蔵の「三絶《さんぜつ》の鐘《かね》」に刻まれた銘文しか現存していない。この鐘は日本三名鐘のひとつとされ、国宝に指定されている。

説話集『宇治拾遺物語《うじしゅういものがたり》』にも、敏行を主人公とした逸話がある。ここでの敏行は、肉食や女色を断たずにお経を書き写してしまったため、死後、地獄で罰を受けるハメになる。もちろん、これはただの伝説にすぎない。

夢でも会えないのは男のせいか、女のせいか？

そんな敏行の、歌人としての代表作であるこの歌は、通常、女性の視点から詠《よ》んだものと解釈される。現代でも、女性視点の歌を男性歌手が歌ったりすることはめずらしくない。平安時代の和歌の世界でも、それは同様だったのだ。

ただし、平安時代と現代では女性の立場に大きな差がある。現代女性は、恋に落ちたら積極的に自分から行動を起こすことができる。が、平安女性はそうはいかない。夜、男性が会いに来るのを待つしかなかったのだ。

この歌の主人公も、恋人の来訪を待っている。しかし相手は来ず、夢にさえ出てきてくれない。当時の人々は、夢に異性が出てくるのは、相手が自分に想いを寄せている証拠と考えていた。逆にいえば、夢にも出てこないのは、相手に気がない証拠。だからこそ主人公の女性は、ますます嘆くことになる。もっとも現代の常識では、夢はそれを見る人の潜在意識の産物とされる。となればこの場合、女性のほうこそ愛情がたりないということにもなりかねないのだが……。

なお、「住の江」は、現在の大阪市住吉付近の海岸。そこにくり返し打ち寄せる波に、「恋しい、けど恨めしい、けど恋しい」といった、恋愛心理の矛盾を重ねていると見ることも可能だろう。

恋
第19首

難波潟《なにはがた》　短《みじか》き葦《あし》の　ふしのまも
あはでこの世《よ》を　すぐしてよとや

〔難波潟にはえている葦の、節と節の間くらいの短い間さえ会えないのね。そのままこの世を過ごしていけとおっしゃるの？〕

伊勢《いせ》

玉の輿に乗りそこね、もっと上級の男を得た才女

第十八首の後を受けて、難波（大阪）の地名にちなんだ恋歌が続く。つれない男に対する女の恨みごとという内容も、前の歌と共通している。ただし、前の歌の作者がじつは男性なのに対し、こちらの作者は正真正銘の女性だ。

伊勢の名は通称。父である藤原継蔭《ふじわらのつぐかげ》の役職が、伊勢守《いせのかみ》であったことからこう呼ばれた。当人は、宇多天皇《うだてんのう》の中宮（妻）・藤原温子《ふじわらのおんし》に仕える身だったという。

その温子の兄・藤原仲平《ふじわらのなかひら》と恋仲になった伊勢は、やがて捨てられて傷心の日々を過ごすことに。そんなおり、宇多天皇の目に止まり、その寵愛《ちょうあい》を受けた。

天皇との間に産まれた皇子は、残念ながら夭折《ようせつ》したが、天皇の退位後に結ばれた敦慶親王《あつよししんのう》（宇多天皇の子）との間に産まれた娘・中務《なかつかさ》は、長じて母ゆずりの歌才を発揮。母娘はそろって、三十六歌仙に名をつらねている。

最初の恋が破局したのは、愛情が強すぎたせい？

伊勢はかなり恋多き女性だった。仲平、宇多天皇、敦慶親王のほかにも、藤原《ふじわらの》時平《ときひら》（仲平や温子の兄）、平貞文《たいらのさだふん》らと浮き名を流している。そのうちの誰を相手に、彼女はこの歌を詠《よ》んだのだろうか？

最も可能性が高いのは、最初の恋人だった藤原仲平だろう。現にこの歌は、仲平から届いたそっけない手紙に対する返歌だった、という説もある。

そう思ってみると、男の不実を責めるように語調がキツイのもうなずける。難波潟（現在の大阪湾。当時は葦がたくさん自生していた）の葦、その節と節の間の短さを時間になぞらえ、「その程度の時間さえ会ってくれないなんてひどいわ」という内容からは、嘆きよりもむしろ怒りのほうが強く感じとれる。

最初の恋だけに、伊勢も純情で一途だったのだろう。あるいは仲平は、その一途さがうとましくなり、彼女と距離をおいたのかもしれない。女性の強すぎる愛情は、男性にとって重荷になりがち。女性の皆さんはお気をつけあれ。

恋 第20首

侘《わ》びぬれば　今《いま》はた同《おな》じ　難波《なには》なる
身《み》をつくしても　逢《あ》はむとぞ思《おも》ふ

〔こんなにつらいなら、もう我慢してもしなくても同じです。こうなったら難波の澪標《みをつくし》さながら、身をつくしてあなたに会いに行きます。〕

元良親王《もとよししんのう》

平安貴族社会を揺るがした、一大不倫スキャンダル

いつの世も、世間は上流階級や有名人のスキャンダルに敏感だ。この歌は、まさにそんなスキャンダルの渦中で詠《よ》まれたものだといわれる。

主役は、第十三首の作者・陽成院《ようぜいいん》（60ページ）の子である元良親王と、宇多天皇《うだてんのう》の后のひとり、京極御息所《きょうごくみやすどころ》こと藤原褒子《ふじわらのほうし》。天皇の妻たる者が、天皇以外の男性と密通していたのだから、その発覚が世間の耳目を集めたのは当然。元良親王がもともと素行不良で知られていたことも、ますます人々の関心を高めたのだろう。

彼のあだ名は「一夜めぐりの君」。夜ごと恋の相手を変えるプレイボーイといっ

た意味だ。関係した女性は三十人以上。歌人として残した歌も、多くは女性と交換した贈答歌で、歌物語『大和物語』にも、その恋の逸話がいくつか紹介されている。『源氏物語』の主人公・光源氏のモデルのひとりともいわれる。

恋はつねに命がけ・破滅覚悟で逢瀬を迫るラブレター

スキャンダル発覚後、元良親王と褒子は周囲によって会うことを禁じられ、世間からも白眼視された。そんな肩身の狭い境遇下で、親王が密かに褒子に送ったのが、この歌だ。「侘びぬれば」の「侘ぶ」は、「悩み苦しむ」の意。こうまで苦しい立場におかれたからには、これ以上事態が悪くなることはない、どうせ状況が最悪なら、いっそ我慢などせずにあなたに会おうと、親王はいっている。

自暴自棄ともいうべきその覚悟のほどを示すのが、「身をつくしても」の一語。「身を滅ぼしてでも」という意味と、大阪湾名物「澪標《みをつくし》」とを掛けた掛詞だ。「澪標」は、船に航路を示すため海に打ち込まれた杭《くい》だから、「君こそはわが人生航路の道しるべ」といった、キザな口説き文句も入っているととれる。

それにしても、彼は本気で褒子のために命をかける気があったのだろうか？ おそらく、この歌を詠んだ時点では本気だったのだろう。多くの恋人をもちながら、その誰に対しても本気になれるのが、プレイボーイというものだから。

恋
第21首

今来《いまこ》むと いひしばかりに 長月《ながつき》の 有明《ありあけ》の月《つき》を 待《ま》ち出《い》でつるかな

素性法師《そせいほうし》

「すぐ行く」とあなたがいったから待っていたのです。なのにあなたは来ないまま秋の夜は更け、もう明け方になってしまいました。

偉大な父・僧正遍昭《そうじょうへんじょう》の歌才を受け継いだ息子

法師という呼称からもわかるとおり、作者は僧だった。出家前の俗名を、良岑《よしみね》玄利《はるとし》といったそうだが、事実かどうかは定かでない。いずれにせよその出家は、父の命令によるものだったという。父は、第十二首の作者・僧正遍昭（56ページ）。素性法師は、遍昭自身が出家する前にもうけた子なのだ。

一説によれば、なんでも遍昭は自分が出家したのち、「僧の子は僧になるのが当然」という理屈で、わが子にも出家を強要したという。事実なら、なんとも勝手な父親というほかないが、素性法師の歌才が父ゆずりなのも、否定はできまい。

出家後の彼は雲林院《うんりんいん》なる寺に住みつつ、歌合《うたあわせ》などで活躍。書も得意とし、時代を代表する文化人となった。父と同様に、三十六歌仙のひとりでもある。そんな素性法師が詠《よ》んだこの歌は、デートの約束をすっぽかされた者の恨み事を主題としている。

待ったのは一晩？ 数カ月？ 解釈は読み手しだい

平安時代においては、待つのはつねに女性だった。この歌もまた、男性歌人が女性の視点で詠んだものだ。ただ、主人公の女性が待った期間については、ふた通りの説がある。

まずは一晩説。宵の口に男性から「これから行く」という連絡があった。だから寝ないで待っていたのに、ついに相手は来ぬまま、「有明の月（明け方の月）」が出てしまった、つまり夜が明けてしまったという解釈だ。

対して藤原定家《ふじわらのていか》は、注釈書『顕注密勘《けんちゅうみっかん》』で、何カ月もの長期にわたって待ったという説を唱えている。春先から毎晩月を見ながら待っているうち、「長月（九月）」がきた、つまり季節が変わって秋になってしまったというわけだ。

窓から月を見上げて男性を待ち続けている女性の光景を思い浮かべてみよう。現代にも通じる切なさではないだろうか。

秋
第22首

吹《ふ》くからに　秋《あき》の草木《くさき》の　しをるれば
むべ山風《やまかぜ》を　嵐《あらし》といふらむ

〔吹いた側から秋の草木がしおれるのを見ると、なるほど、山からくる風を「嵐」と書いて「荒らし」と呼ぶのも納得できることよ。〕

文屋康秀《ふんやのやすひで》

小野小町《おののこまち》も認める歌才で、一流セレブと交際

文屋康秀については、生没年ほか、不明な点が多い。身分が低く下級官吏のまま生涯を終えたそうなので、公式記録に名が載る機会は少なかったのだろう。が、うだつのあがらぬ下級官吏にしては、交友歴は派手だ。歌会で在原業平《ありわらのなりひら》や素性法師《そせいほうし》らと同席したこともあるし、公務で三河（現在の愛知県）に赴任した際には、才色兼備で名高い小野小町を誘ったりしている。このとき小町は、歌に託して色よい返事を彼に送っているが、箸《はし》にも棒にもかからぬ男なら、小町が同行を快諾するはずはない。要するに康秀の才気は、誰もが認めていたのだ。

出自や肩書きに頼らず、歌才だけで一流のセレブらと親しく交際した彼は、その才ゆえに、六歌仙のひとりとして後世に名を残した。

通俗的で何が悪い？言葉遊びだって芸術だ

反面、彼の歌には才気ばかりで実がない、言葉づかいは巧みだが意外に内容は薄い、といった批判もつきまとう。つまりは通俗的というわけだ。

なるほど、この歌でも山から吹く風を表現するにあたり、康秀は情景描写もしなければ、自分の心理を投影することもない。歌の核となるのは、「草木を荒らすからアラシ」「山と風を足して嵐」という、言葉遊びだけだ。

その言葉遊びには確かに機知が感じられるが、芸術的価値は低いと批判者たちはいう。しかしそれは、トリックを核とする推理小説に、リアリティがないから文学的価値が低いなどのケチをつけるようなものだろう。芸術や文学とはこうあるべきだという、固定観念にとらわれすぎなのだ。

そもそも限られた音数で意味の通る文章をつくる和歌は、日本語表現をいかに駆使するかの技量が問われる文学形式。ならば、その技量だけで勝負する作品があっても、悪い理由はあるまい。ともすれば作者の自己陶酔が鼻につく恋の歌よりも、こうしたテクニック先行の歌をおもしろいと感じる人もいるだろう。

秋 第23首

月《つき》見《み》れば　千々《ちぢ》にものこそ　悲《かな》しけれ
わが身《み》ひとつの　秋《あき》にはあらねど

〔秋の月を見ると、あれこれいろんなことが悲しく思われてくるなぁ。別に秋は、私ひとりのところへ訪れたわけではないのだけれど。〕

大江千里《おおえのちさと》

在原《ありわら》兄弟の甥《おい》っ子は、漢詩を和歌に詠み直す名人

82ページで紹介した第二十二首は、じつは中国の漢詩の影響を強く受けている。「山」と「風」というふたつの漢字を組み合わせて「嵐」にするという言葉遊びは、離合詩《りごうし》と呼ばれる漢詩の技巧を応用したものなのだ。このように、漢詩の要素をとり込んで和歌を詠《よ》むことは、平安時代初期に流行していた。これは正式な文書に漢文が用いられていたためで、おもに男性が用いていたようだ。

在原行平《ありわらのゆきひら》・業平《なりひら》兄弟の甥にあたる千里は、漢詩の名作を多く翻案することで、叔父たちとは違った境地を確立した。漢学者であった父・大江音人《おおえのおとんど》から受け継いだ

豊かな漢詩の知識が、そんな作風を可能としたのだろう。

中国の大詩人・白居易《はくきょい》の漢詩を和風に翻案

この歌の原形といわれるのは、中国唐代の大詩人・白居易（白楽天）の作品。「燕子楼中霜月の夜、秋来たってただひとりのために長し」。愛する男性に先立たれた女性が月を見上げ、ひとりぼっちの秋の夜の長さを詠嘆する、といった内容だ。

だが、千里は単にそれを日本語に訳し、五・七・五・七・七の定形に当てはめただけではない。たとえば、元の詩で「秋の夜は私ひとりのために長い」と謳われている部分を、「私ひとりのための秋ではないのに」と、まったく正反対のいい回しに改変している。元の詩はあくまで素材。それをいかに日本の風土や文化に合わせてアレンジするかが、翻案の腕の見せどころなのだ。

千里はまたこの歌に、元の詩にはない技巧をくわえ、新たな効果をもねらっている。歌の前半には「月」と「千々に」という語が、後半には「わが身」と「ひとつ」という語がある点に注目。自然と人間、天上と地上、複数と単数といった具合に、前半と後半に反対のものを置き、あざやかに対照させているのだ。

これは対句《ついく》といって、やはり本来は漢詩の技巧。千里はそれを自家薬籠中のものとして使いこなし、原詩を見事に改良してみせたのだった。

羈旅 第24首

このたびは　幣《ぬさ》もとりあへず　手向山《たむけやま》
紅葉《もみぢ》の錦《にしき》　神《かみ》のまにまに

菅家《かんけ》

〈今回の旅は急だったため、お供えを用意しておりません。代わりに神様、手向山の錦織のような紅葉をどうかお受け取りください。〉

失脚して怨霊と化し、神としてあがめられる

作者の菅家とは、菅原道真《すがわらのみちざね》のこと。道真といえば、学問の神として有名だ。神としての呼称は天神。童謡の「通りゃんせ」に登場する「天神さま」も、もちろん彼を指す。その天神を祀《まつ》った神社が、天満宮だ。受験シーズンになると、多くの受験生がここで合格を祈願するのはご存じのとおり。

学問の神という肩書きは、生前の道真自身が非常に優れた学者だったことに由来している。とくに漢学に関しては、彼は第一人者だった。その才を買われて、宇多《うだ》天皇《てんのう》のもとで右大臣にまで出世した道真だったが、出る杭《くい》は打たれるのが世のつね

だ。やがてライバルの左大臣・藤原時平《ふじわらのときひら》の策略によって失脚し、九州の大宰府《だざいふ》に左遷されたうえ、そのまま現地で没することになる。

その後、京の都で地震や雷などの天災が続発。これを道真の祟《たた》りと恐れた人々が、その怨霊を鎮めるために彼を神として祀《まつ》ったのが、天満宮の始まりだった。

宇多天王が愛し、時平が憎み恐れた才知

この歌が詠《よ》まれたのは失脚する前なので、晩年の不遇を思わせる暗さはない。宇多天皇(この時点ではすでに退位して上皇)のお供をして、奈良へ旅した際の作で、「このたび」が、「この度」と「この旅」の掛詞《かけことば》になっている。

当時、旅人は路傍の道祖神の前で、「幣」と呼ばれる細かい紙片や布片をまき散らして神に捧げ、道中の無事を祈るのがならわしだった。その幣を事前に用意できなかったので、山の紅葉で代用しようと、作者は詠んでいる。

しかし、道真ほど優秀な人物が、本当に幣を忘れてくるようなミスを犯すはずはない。用意してきた幣より、道中で見つけた紅葉の葉のほうがよほど美しく豪華に見えたため、そちらを供えたほうが神も喜ばれると考え、その場で差し替えたのではないだろうか。そんなとっさの機転こそが、宇多天皇に愛された理由であり、藤原時平に嫌われた一因でもあるのだろう。

恋 第25首

名《な》にしおはば　逢坂山《あふさかやま》の　さねかづら
人《ひと》にしられで　くるよしもがな

三条《さんじょうの》右大臣《うだいじん》

「逢って寝る」という名をもつ逢坂山のさねかづら。そのつるをたぐるように、人知れず君のもとへ来る（行く）術があればよいのに。

芸術を愛し、平安歌壇を育んだ実力者

作者は藤原定方《ふじわらのさだかた》。京の三条に邸宅を構えていたので、三条右大臣と呼ばれた。右大臣といえば天皇の補佐をする、平安時代の官位のなかではトップに近い地位だ。

定方は和歌や管絃《かんげん》にとりわけ造詣の深い趣味人で、その教養は平安貴族たちのなかでも突出していた。そんな定方が右大臣にのぼり詰めるほどの権勢を誇っていたことは、同時代の歌人らにとって幸運だった。というのは、彼はパトロンとして在《あり》原業平《わらのなりひら》や紀貫之《きのつらゆき》らを支援し、ともに和歌の発展・普及につくしたからだ。彼らの時代に和歌が隆盛をみたのは、その尽力によるところも大きい。

自信満々のインテリとつきあう女性はラクじゃない

さて、この歌には掛詞《かけことば》が三つも含まれている。地名の「逢坂」には「逢う」という意味が、つるをもつ植物の名「さねかづら」には「寝る」という意味がそれぞれ込められ、「くる」は「来る」と「手繰る」の意をあわせもつ。

さすが、当代きってのインテリの作だけに、凝りに凝っているが、正直、ちょっと凝りすぎな気がしなくもない。実際、前述のすべての意をくんでこれを現代語に訳すと、ひどいことになる。直訳ではどうしても主語と述語がつながらず、たいへんな悪文になってしまうため、意訳せざるをえないのだ。

果たして、平安時代の人間はこれをすんなり理解できたのだろうか？ 少なくとも、貴族ならぬ一般庶民には、やはり意味不明だったろう。要するにこの歌は、読み手にも一定レベル以上の教養を要求するのだ。

定方はこの歌を、現物のさねかづらとともに、ラブレターとして恋人に贈ったという。恋人が即座に彼のいわんとするところを察したとすれば、彼女もまた、かなり高度な教養のもち主だったに違いない。あるいは定方は、「君ならわかるはず、わからなければ自分の恋人としては不適格だ」と、試すようにしてこれを贈ったのかもしれない。インテリ男とつきあう女性の苦労がしのばれる。

秋
第26首

小倉山《をぐらやま》　峰《みね》のもみぢ葉《ば》　心《こころ》あらば
今《いま》ひとたびの　みゆき待《ま》たなむ

〔小倉山の峰のもみじ葉よ、お前に心があるのなら、どうかもう少し、次の行幸《みゆき》まで散らずに待っていてくれないか。〕

貞信公《ていしんこう》

鬼も逃げ出す!?　美・知・才の三拍子そろった貴公子

貞信公とは、藤原忠平《ふじわらのただひら》の諡《おくりな》。諡とは、死後、徳を讃えて贈る呼び名のことだ。藤原基経《ふじわらのもとつね》の子で、兄に時平《ときひら》と、伊勢《いせ》（76ページ）の初恋の人であった仲平《なかひら》がいた。子どものころから聡明で、父親の基経が京都に極楽寺《ごくらくじ》を建てた際、「仏閣を建てるならこの地しかありません」とひと所を指したのだが、その地相はまさに絶勝の地だった、という話が平安後期の歴史物語『大鏡《おおかがみ》』にある。また、若き日には南殿《なんでん》（紫宸殿《ししんでん》）で鬼に太刀の鞘《さや》をとらえられたとき、勅使を妨げるのは何者かと一喝、鬼の手をつかんで退散させたという話も、同じ『大鏡』で伝えられている。

九世紀末〜十世紀初めの醍醐天皇《だいごてんのう》の時代、人相占い師が宮中に呼ばれたことがあった。寛明太子《ゆたあきらたいし》（のちの朱雀天皇《すざくてんのう》）は「容貌《ようぼう》が美しすぎる」、兄の時平は「知恵が多すぎる」、菅原道真《すがわらのみちざね》は「才能が高すぎる」といわれたが、下座にいた忠平だけは「神識才貌、すべてがよい。長く朝廷に仕えて栄華を保つのはこの人であろう」と絶賛。つまり、頭もよく、才能もあり、将来性もあり、しかもイケメン。宇多上皇《うだてんのう》はこれを聞き、皇女とされる源順子《みなもとのじゅんし》を嫁がせたという。さらに、父親は天皇の代わりに政治を行なう、日本史上初の関白。兄は大臣というエリート家系。非の打ちどころがなく、現代で匹敵するのは、超美男子、高学歴として知られるモナコのアンドレア王子くらいだろうか。

忠平はのちに摂政になり、その後関白太政大臣になったのだが、これは当時の貴族のなかで最高の位という大出世だった。菅原道真が大宰府《だざいふ》に左遷になってからも、手紙で慰めるなど寛大な心のもち主で、人望も厚かった。

十世紀前半〜十世紀半ばの村上天皇の時代、老齢のためしばしば関白の引退を願い出たが、そのたびに引きとめられていたという。忠平の活躍を足掛かりとして、文化面、政治面で強い力を発揮する、藤原氏全盛の時代を迎えることとなったのだった。

美しい紅葉への願いが、天皇親子の心を動かす

忠平がこの歌を詠《よ》んだのは、宇多上皇のお供として、京都の小倉山に向かったときのことだった。小倉山は、京都市右京区にあり、大堰川《おおいがわ》（丹波山地から嵐山の下へ流れる川）をへだてて嵐山の北西に位置する紅葉の名所で、平安時代は今の嵐山を含めて小倉山と呼ばれていた。現在も秋は観光客でいっぱいになる。

八九七年、天皇の位を息子の醍醐天皇にゆずった宇多上皇が大堰川に出かけたとき、小倉山の紅葉の美しさに感動。燃えるように真っ赤な紅葉を「醍醐天皇にも見せたいものだ」といったことを受け、忠平が詠んだ。当時、忠平は十八歳。「今ひとたびのみゆき」とは、醍醐天皇の行幸＝外出、旅行のことだ。「待たなむ」の「なむ」とは、「～してほしい」という意味で、醍醐天皇が訪れるまで美しい姿のまま待っていておくれと、紅葉を擬人化して呼びかけ、宇多上皇の気持ちを代弁したのだ。

忠平の歌に心を動かされた醍醐天皇は追いかけて小倉山を訪れたという。小倉山への行幸はこれ以降慣例になったといわれている。この歌とエピソードは、『大和《やまと》物語《ものがたり》』や『大鏡《おおかがみ》』、鎌倉時代の世俗説話集『古今著聞集《ここんちょもんじゅう》』にも紹介されているほど、有名だったらしい。なお、藤原定家《ふじわらのていか》は小倉山に別荘を構えている。この歌を選んだのは、藤原定家の思い入れの深さゆえかもしれない。

第26首 貞信公

恋
第27首

みかの原《はら》 わきて流《なが》るる いづみ川《がは》
いつ見《み》きとてか 恋《こひ》しかるらむ

中納言兼輔《ちゅうなごんかねすけ》

〔みかの原からわき出て流れるいづみ川の「いつ」ではないが、いつ見たわけでもないのに、なぜあの人がこんなに恋しいのだろうか。〕

三十六歌仙に数えられた、紫式部のひいお爺《じい》さん

十世紀初めごろ、歌壇の中心的人物であった中納言兼輔こと藤原兼輔《ふじわらのかねすけ》。三十六歌仙のひとりだ。紫式部（174ページ）の曾祖父《そうそふ》で、『源氏物語』には兼輔の歌が二十六回も引用されている。紀貫之《きのつらゆき》（114ページ）とも交流があり、賀茂川の堤にあった邸宅は多くの歌人や教養のある文人が集まるサロン的存在だった。

兼輔の歌で最も有名なのは、『後撰集』にある「人の親の　心は闇に　あらねども　子を思ふ道に　まどひぬるかな」。子どもかわいさに迷ってしまう親心を詠《よ》んだもので、多くの人たちの共感を得、『源氏物語』などでは〝心の闇〟という言葉

が〝親心〟を意味して使われるほどであった。
ちなみに第二十七首が兼輔の作かどうかは不明。詠み人知らずだったが、『新古今集』に誤って載ったといわれているからだ。

相手を見ずとも恋心が芽ばえた、平安時代の恋愛事情

みかの原は、京都府相楽郡《そうらくぐん》（現在の木津川市）の古い地名で、聖武天皇《しょうむてんのう》の時代、恭仁京《くにきょう》という都があった。いづみ川は、京都を流れる今の木津川のこと。「わきて」が、川を「分きて」と泉が「湧きて」の掛詞《かけことば》になっており、いづみ川がみかの原を分けて流れる光景により、兼輔と女性がへだてられているようすと、あふれ出る恋を暗示している。「いづみ」と「いつ見」を重ねているのも技巧的だ。

この歌は、一度も会ったことのない女性への募る恋心を清らかに詠んでいる。しかしなぜ顔も知らない相手に惚《ほ》れるのか。というのも、当時の姫君はけっして人前に顔をさらさず、誰かと会う際にも御簾《みす》をへだてて話をしていた。したがって、男性は「すごい美人らしい」「いい家柄の姫」といううわさを聞くだけで恋をして、その思いを手紙や和歌にのせて送っていたのだ。現代でも、メールやチャットで恋心が盛り上がるというケースは多い。文章から人柄はにじみ出るもので、それをきっかけに恋心が芽生えるというのは、いつの時代も変わらないのだろう。

冬
第28首

山里《やまざと》は　冬《ふゆ》ぞ寂《さび》しさ　まさりける
人目《ひとめ》も草《くさ》も　かれぬと思《おも》へば

源《みなもとの》　宗于《むねゆき》朝臣《あそん》

〔山里は冬こそ寂しさが増すように感じられることだ。人が訪ねてくることもなくなり、草も枯《か》れてしまうと思うので。〕

昇進できず、宇多天皇に恨みをぶつけた男

にぎやかな都を離れ、作者が住んでいたのは、京都から少し離れた山のふもと。春から秋にかけては、桜や青葉、紅葉といった美しい自然を求めて都の人々が訪ねてくることもある。しかし冬になると人の足も途絶え、草花も枯れてしまい、心を潤していたものが何もなくなってしまう。そんな冬の山里の寂しさを詠《よ》んだ歌だ。

作者は光孝天皇《こうこうてんのう》の孫だが、臣下に下り、源の姓を名乗った。地方の権守《ごんのかみ》を歴任したが、昇進がうまくいかず、地位にも恵まれなかった。しかし和歌の才能には恵まれ、三十六歌仙のひとりに選ばれている。

『大和物語《やまとものがたり》』には、官位が上がらないのを嘆き、和歌を詠んだというエピソードが残っている。祖父・光孝天皇の邸宅であった宇多院《うだいん》で花が咲いているのを見て、右京大夫だった作者が「来てみれど　心もゆかず　故郷の　昔ながらの　花は散れども」（花見に来てみたけれど、心が晴れません。見慣れた宇多院の花は昔と変わらず散っているけど）という不愉快な歌を詠んだという話だ。父・是忠親王《これただしんのう》が光孝天皇の第一皇子なのに皇位を退き、宇多天皇《うだてんのう》が即位したので、この歌を詠んだと思われる。

静かな冬の山里で孤独感が骨身にしみる

この歌はわかりやすい言葉で詠まれているが、さりげないテクニックが隠れている。「人目」は、ここでは人の往来のこと。「かれ」は、「離《か》れ」と「枯れ」の掛詞《かけことば》で、人の足が離れることと、草木が枯れるというふたつの意味を表わしている。また、上の句と下の句を倒置し、詠嘆の思いを込めている。

訪れる人もいなければ、慰めになっていた草木も枯れていくという孤独感。出世もうまくいかず、わびしいわが身。電話もなければテレビもなく、冬は娯楽ゼロ。「雪が積もったからスノボしようぜ」などと誘うこともできない。さらに将来の出世の見込みもなしで、そのつらさは想像を超えるものがある。この歌には、冬の山里の寂しさだけでなく、つらい境遇を嘆く気持ちも含まれていたのかもしれない。

秋
第29首

心《こころ》あてに　折《を》らばや折《を》らむ　初霜《はつしも》の　をきまどはせる　白菊《しらぎく》の花《はな》

凡河内躬恒《おおしこうちのみつね》

〔折るならば、これと定めて折ってみようか。一面に降りた初霜で、どちらがどちらなのか見分けにくくなっている白菊の花を。〕

身分は低いが歌才は高い、紀貫之《きのつらゆき》を上回るスター歌人

早朝、見渡す限りの初霜と、清らかに咲く白菊――。その白く美しい情景を詠《よ》んでいるのがこの歌だ。

作者は『古今集』の選者であり、同歌集を代表する大歌人。さらに、三十六歌仙のひとりだ。良家の出身ではないが、内裏で天皇の食事などを用意する御厨子所《みずしどころ》に出仕しており、そこで宮廷の文雅にふれ、和歌を会得したといわれる。とくに即興で歌を詠むのを得意としていた。

『古今集』により歌人としての評価が高まり、九一三年に催された、宇多天皇《うだてんのう》によ

る華麗かつ高レベルな和歌の祭典「亭子院歌合《ていじいんうたあわせ》」では、紀貫之をしのぐスター的あつかいを受けた。ところが本人は、名声の高さと身分の低さとのギャップに悩んでいたという。ちなみに、生没年も親兄弟もはっきりしたことはわかっていない。

偉大な詩人・白居易《はくきょい》と劉禹錫《りゅううしゃく》の流れをくんで

初霜に白菊がまぎれ込んでいる。「まどはせる」＝「区別できなくする」と、初霜を擬人化。心のままに手を伸ばして、白菊を折ってみようかと、遊び心をのぞかせている。「置く」は、ここでは霜が「降りる」と同じ意味で使われている。

実景や気持ちを直接的に詠まないのが、古今集時代の歌風の特徴だ。菊は十月～十二月ごろに咲く。しかし、もし初霜のなかに白菊があったとしても、まず見間違うことはないだろう。情緒と連想を重んじた時代だからこそ、このようなひねった表現も評価されているのだ。

白霜と白菊を合わせる発想は、中国の詩人、白居易や劉禹錫などの偉大なる詩人が詠んだ漢詩の流れを受けていると、識者によって指摘されている。漢詩人の影響を受けた平安朝漢詩の手法を、躬恒は和歌に取り入れているのだ。想像をフルにいかして白い景色を詠んだシンプルな歌だが、時代の流行をキャッチして披露する、躬恒ならではの巧みなテクニックが表われている。

恋
第30首

有明《ありあけ》の　つれなく見《み》えし　別《わか》れより
暁《あかつき》ばかり　憂《う》きものはなし

壬生忠岑《みぶのただみね》

〔冷ややかなそぶりの明け方の月が、空にかかっていたあの別れ。それ以来、私にとって暁ほどつらく思われるものはありません。〕

醍醐天皇《だいごてんのう》に気に入られ、長寿をまっとうした歌人

この歌は、『古今集』で最も優れた歌だといわれる。藤原定家《ふじわらのていか》と藤原家隆《ふじわらのいえたか》がこぞってナンバーワンに挙げているのだ。定家が百人一首に選んだのも当然だろう。

作者の壬生忠岑は、第四十一首の壬生忠見《みぶのただみ》（126ページ）の父。生没年は不明だが、九世紀後半から十世紀前半ごろの人といわれ、九十八歳まで長生きした。

身分の低い武官だったが、機知と配慮に富んだ歌が得意で、歌人としては一流と評された。この歌が醍醐天皇に気に入られたため、天皇の住まいである内裏にある殿上の間にのぼることを認められた。その後、『古今和歌集』の選者に抜擢されて

いる。また、三十六歌仙のひとりにも選ばれている。

冷たい態度をとったのは月？ それとも女？

日暮れ後に女性を訪れた男性は、一夜をともにした後、日の出より前に女性のもとを去る。帰り道、空を見上げれば冷ややかなそぶりを見せる有明（明け方の月）。暁とは、夜明け前のまだ暗い時間のことで、男女の別れの時間だった。

「つれなし」とは、そっけない、よそよそしいという意味だが、この歌では解釈がいくつかに分かれる。「つれなく」していたのは月か、それとも相手の女性か、それとも、月と女性の両方かという点。藤原定家は「月」説ととらえていたようで、もっと長く時間をともにしたいのに、後ろ髪を引かれる思いで女性のもとを去ったつらい気持ちを、月に投影したと解釈している。

しかし現代では、月と女性の両方が「つれない」とする説が有力だ。忠岑が選者である『古今和歌集』の「逢はずして帰る恋」（恋人のもとを訪れたが、逢ってもらえずに帰ること）の歌群に、この歌が収められているためだ。また、『古今和歌六《こきんわかろく》帖《じょう》』でも、同様の歌群、「来れど逢はず」に収められている。女性はつれない態度で、逢ってももらえない。月も冷たくそっけない、ということだろうか。いずれにせよ、あまりに切ない歌だ。

冬
第31首

朝《あさ》ぼらけ　有明《ありあけ》の月《つき》と　見《み》るまでに
吉野《よしの》の里《さと》に　降《ふ》れる白雪《しらゆき》

〔夜がほのぼのと明けてゆくころ、有明の月で明るいのかと思い間違うほどに、吉野の里に降り積もった白雪であることよ。〕

坂上是則《さかのうえのこれのり》

歌だけでなく蹴鞠《けまり》もうまい、田村麻呂《たむらまろ》のひ孫

朝、カーテンを開けて外を見ると、あたりは雪におおわれた銀世界。家が、道路が、木々が、そしてかなたに見える山々までがすべて白く変わり、いつもとまったく違う清らかな景色に感動を覚えた。そんな経験がある人も多いだろう。この歌は、そんなまばゆい銀世界を表現した歌だ。

作者は平安時代の初めに蝦夷《えぞ》征伐を行なった征夷大将軍・坂上田村麻呂《さかのうえのたむらまろ》の孫である、好蔭《よしかげ》の子といわれる。また、『後撰集』の選者のひとり、望城《もちき》の父でもある。是則は天皇の公務での発言を記録する詔勅《しょうちょく》を作成したり、記録を担当する大内記《だいないき》

という仕事についていた。三十六歌仙のひとりで、蹴鞠の名手だったらしく、それにまつわるエピソードも残っている。仁寿殿《じじゅうでん》で蹴鞠の集まりがあった。これはサッカーのリフティングのようなものだが、帝も同席しており、ここで是則は蹴鞠を連続で二百六回も蹴ったという。それに喜んだ帝は、彼に絹を与えたといわれる。

一面の銀世界への感動を体言止めで表現

「朝ぼらけ」とは、ほのぼのと夜が明ける時間帯。有明（明け方の月）で明るいのかと思って外を見れば、まぶしい銀世界が一面に広がっている。電気などないこの時代に、雪明かりはさぞまぶしかったに違いない。是則は、雪景色を月明かりかと思った、と〝見立て〟たのだ。「月の光ではなく純白の雪のせいであったのか！」という驚きが、歌の最後を「白雪」で終える体言止めで表現されている。

吉野（奈良県吉野郡）は桜の名所として知られているが、春は桜、秋は月、冬は雪、と四季折々の美しさを見せる山里として、歌に多く登場した。また、弥生時代の応《おう》神天皇《じんてんのう》や古墳時代の雄略天皇《ゆうりゃくてんのう》の離宮があった、歴史のある土地でもあった。

この歌が収められている『古今集』の詞書《ことばがき》には、「大和国にまかれりけるときに、雪の降りけるを見て詠《よ》める」とある。是則は、九〇八年に地方官である掾《じょう》に任ぜられているので、吉野の里に泊まった明け方に詠んだのだろう。

秋
第32首

山《やま》がはに　風《かぜ》のかけたる　しがらみは
流《なが》れもあへぬ　紅葉《もみぢ》なりけり

春道列樹《はるみちのつらき》

〔山の間を流れる川に、風が掛けた「しがらみ（柵）」は、流れ切らないで溜まっている紅葉だったよ。〕

活躍もなく歌集もなく、「百人一首」で一躍メジャーに

詠《よ》み手についてのくわしい経歴は不明だが、春道というめずらしい姓の由来は、祖先が大和の春道天王社にゆかりがあったためといわれている。春道天王社は、現在の奈良県天理市櫟本《いちのもと》にある和爾下神社《わにしたじんじゃ》のことだ。

春道は、九一〇年、大学寮で文章道《もんじょうどう》（中国の史学、文学）を学ぶ文章生《もんじょうのしょう》になる。九二〇年に壱岐守《いきのかみ》に任命されるが、赴任する前に死去。歌人として目立った活躍はなく、歌集もなかった。『古今集』に三首、『後撰集』に二首が収められているのみだ。この歌の評価は高かったようで、百人一首に選ばれたことで有名になった。

川に落ちて溜まった紅葉を風流に表現

「山がは」は、山のなかを流れる谷川のこと。「ヤマカワ」と読むと、山と川の意味になる。「しがらみ」は、杭《くい》を立てて竹などを横に編み、川の流れをせき止めるための仕掛け（柵）。現在は「まとわりついて束縛するもの、引きとめるもの」という意味だが、語源はこの柵だ。「あへぬ」は「完全に〜しきれない」の意味で、流れもあへぬというと、流れようとしても流れずにいる、ということになる。

ここでは、川の淵に紅葉が流れずに溜まっているようすを柵に見立てて、それは風がわざとやったのだ、と擬人法を使っている。川を染めている紅葉の、錦を織った絨毯《じゅうたん》のような美しさを表現したことも、評価を高めたポイントだろう。

この歌は『古今集』に収められており、その詞書《ことばがき》に「志賀の山越にて詠《よ》める」とある。つまり、京都の北白川から、比叡山と如意ヶ岳《にょいがたけ》の間を越え、山道を通って近江国の志賀の里（現在の滋賀県大津市）に向かう途中の谷川で詠まれたもの、ということだ。最終目的地は、天智天皇が創建した崇福寺だったようだ。

如意ヶ岳は右大文字のことで、毎年八月十六日に行なわれる京都の伝統行事、五山の送り火が有名だ。今は初心者向けの登山コースがあるので作者が目にした光景を求めて、訪ねるのもいいだろう。

春
第33首

久方《ひさかた》の　光《ひかり》のどけき　春《はる》の日《ひ》に　しづこころなく　花《はな》の散《ち》るらむ

紀友則《きのとものり》

日の光がのどかにさしている春の日に、桜の花はどうして落ち着いた心もなく急いで散っているのであろうか。

不遇な身のうえを「花咲かぬ木」と嘆く

紀友則は紀貫之《きのつらゆき》（110ページ）の従兄弟で、貫之より二十歳くらい年上であったといわれる。生年未詳で、没年は九〇五年ごろ。四十歳を過ぎるまでたいした官職に就けず、「花咲かぬ木を何に植ゑけむ」（花が咲かない木である自分は、どこに身を置けばいいのやら）と、みずからの不遇を嘆いていたらしい。

やがて、天皇の行動を記録する内記《ないき》という要職につく。文筆に優れ、教養のある人物にしか務まらない仕事だったので、詩文の才能には恵まれていたようだ。『古今集』選者のひとりだが、完成前に亡くなったのもまた不運。紀貫之や壬生忠岑《みぶのただみね》

（100ページ）による追悼歌が『古今集』に収められている。歌人としての評価は高く、三十六歌仙のひとりで、『古今集』には彼の歌が六十四首も選ばれている。

散り急ぐ桜にストップをかけたい！

桜の開花予報、開花状況に、スケジュールを左右される私たち。春のイベント・お花見は、桜が満開でなくては意味がないからだ。桜の見ごろを早めにチェックして準備にとりかかり、満開時にお花見ができる現代人は恵まれているといえよう。

しかし、平安時代も現代も変わらないのが、桜の花の短命さ。満開になってから散り始めるまでの期間は一週間程度と、かなり短い。この歌は、そのはかなさを風流に詠んでおり、その思いに共感できる人も多いだろう。

「久方の」は、天や空、日などに掛かる枕詞《まくらことば》。「光」には直接掛からない枕詞なのだが、「光」を「日の光」と解釈すれば、納得がいく。「のどけき」は、穏やかでのんびりとしたようす。「の」の音が重なる上の句が、春めいたゆったりとした気分を感じさせてくれる。いっぽう、下の句はしづこころなく（落ち着いた心なく）という言葉に表われているように、あわただしいイメージに一転。花に心があるように表現し、急いで散っていく花を「そんなに慌てなくても」と、とがめているようにも受け取れる。

雑 第34首

誰《たれ》をかも　知《し》る人《ひと》にせむ　高砂《たかさご》の
松《まつ》も昔《むかし》の　友《とも》ならなくに

〔年老いた私は、誰を長年の友人としようか。私と同じく年をとった高砂の松の老木さえ、昔からの親友ではないというのに。〕

藤原興風《ふじわらのおきかぜ》

紀貫之《きのつらゆき》などとも競い合った、歌才のもち主

作者は、日本最古の歌の学問書『歌経標式《かきょうひょうしき》』の著者である藤原浜成《ふじわらのはまなり》の曾孫《そうそん》で、三十六歌仙のひとりだ。九一四年に下総《しもふさ》の地方官になっているが、官位としては低いままだった。宇多天皇《うだてんのう》の時代、歌人として高く評価され、「寛平御時后宮歌合《かんぴょうのおんときのきさいのみやのうたあわせ》」「亭子院歌合《ていじいんうたあわせ》」などの歌合に参加し、紀貫之（110ページ）や凡河内躬恒《おおしこうちのみつね》（98ページ）と歌の才能を競い合ったといわれている。ちなみに、琴の名手でもあったという説もある。

年老いた作者の周りで、ひとり、またひとりと親しい友たちがこの世を去ってい

く。ふと気づくと、自分ひとりだけがとり残されてしまった。自分と同じくらい長く生きているのは、長寿で有名な高砂の松くらいだが、話し相手にもならないし、友とも呼べない。この先いったい誰を友とすればいいのか……そんな老年の寂しさを詠《よ》んだのがこの歌だ。

長寿の象徴〝播磨《はりま》の高砂〟に比する老いの孤独

「知る人にせむ」は、「友達や昔からの知り合いとしようか」という意味。「高砂の松」は、播磨の国（現在の兵庫県高砂市）、高砂神社の境内にある、黒松と赤松がひとつの根からはえている相生の老木を指している。〝播磨の高砂〟といえば、松の名所として古くから有名で、現在の松は五代目だ。

高砂の松は長寿やおめでたいことの象徴で、能の題材にもなっているほど。この歌ではそのおめでたい松をあえて引き合いにすることで、逆に老いの孤独を際立たせている。

対して、今の老人たちは、本当に元気でアグレッシブだ。ゲートボール、カラオケ、旅行と、娯楽はいくらでもある。興風が現代に生きていたら、俳句教室や句会で風流な句を披露し、「先生スゴイ！」と、モテモテになること間違いなしだっただろう……。

春 第35首

人《ひと》はいさ　心《こころ》もしらず　ふるさとは　花《はな》ぞ昔《むかし》の　香《か》ににほひける

紀貫之《きのつらゆき》

〈あなたのお気持ちは、さあどうかわかりませんが、古都奈良では、梅の花が昔と変わらずに香り、美しく咲いて迎えてくれています。〉

哀愁に満ちた歌が得意の『土佐日記』の作者

大和国（現在の奈良県）の長谷寺《はせでら》に、貫之がお参りするたびに泊まっていた家があった。ところがしばらく立ち寄らないときがあり、その家の主人に「このとおり、昔のまま変わらずに宿はありますのに」といわれてしまう。そこで、その家のかたわらに咲いていた梅の花を一枝折って即座に詠《よ》んだのがこの一首。長谷寺は奈良県桜井市にあり、昔から花の御寺として有名だった。石段のかたわらに、この歌にちなんで「貫之梅」が植えられているが、数年前に白い貫之梅が枯《か》れてしまったため、現在は紅梅に変わっている。

詠み手の紀貫之は、二十代前半から歌の才能を開花し、さまざまな歌合《うたあわせ》に参加している。和歌の歴史に大きな影響を与えた『古今集』編纂《へんさん》者の中心的人物だ。

華やかな活躍とは裏腹に、貫之が残した作品の多くは、晩年の寂しさを感じさせるもの。有名な日記文学『土佐日記』は、九三〇年、土佐守《とさのかみ》となった貫之が、土佐での任期を終えて京に戻るまでの紀行文。任地で亡くしたわが娘への思いがあふれている。死の直前に詠んだ歌「手に結ぶ　水に宿れる　月影の　あるかなきかの世にこそありけれ」（手にすくった水に映る月影のように、あるのかないのか定めのつかない私の人生であることだなぁ）には、自分の生涯が消え入りそうなほどはかなかったという思いが込められている。

かぐわしい梅の花を介した心憎いやりとり

「いさ」は、さあ、どうであろうか？　という意味。「ふるさと」は、ここでは、昔に来たことがある場所のことで、旧都奈良を指している。「花」は、桜ではなく梅を指している。平安以前は、「花」といえば「梅」だったのだ。

「人の心は移ろいやすいもの。だからあなたの心だってどうだかわからないですよね」という皮肉に対し、「しかし昔なじみの梅の花だけは、変わらずにいい香りを漂わせている」と花を引き合いに出したのが、技巧派・貫之ならではの手腕といえる。この家の主人が男性か女性かは定かではないが、梅の枝を添えて贈ったということや、ロマンあふれる解釈のほうがおもしろいという理由から、女性だという説が支持されている。

家集『貫之集』によると、これに対し、家の主人はこう詠んでいる。「花だにも同じ香ながら　咲くものを　植ゑたる人の　心知らなむ」（花だって誠実な心で昔と変わらない香りで咲いているのに、あなたは、この花を植えた私の気持ちもわかってくださらないの）。私はあなたのことをお待ちしていたのですよ、と、ストレートにいわず、花に託したのが心憎い。応戦に次ぐ応戦で、なかなかおもしろい展開だ。

現代ならば、久しぶりに訪れた旅先で、なじみの旅館のおかみに「ずいぶんごぶさただったわね、どうしたのよ」と嫌みをいわれたようなものか。貫之のようなスマートな切り返しは、現代人には難しいだろう。

ところで貫之には、ほかにも「ふるさとを　今日来てみれば　あだなれど　花の色のみ　昔なりけり」（ふるさとに今日来てみるとはかないと思うが、花の色だけは昔のままだ）。「あだなれど　桜のみこそ　ふるさとの　昔ながらの　ものにはありけれ」（はかないけれど、桜だけはこのふるさとで昔から変わっていない）という作がある。昔から花の姿は変わらない、と詠むのがどうやらお気に入りで、貫之はくり返し使っていたようだ。

第35首 紀貫之

『古今集』の編纂《へんさん》者で、平安歌壇のスーパースター

紀貫之《きのつらゆき》

（八六八?~九四五?年）

若いころから和歌の才能に優れ、文人、歌人として脚光を浴び続けたスター的存在。三十余歳の若さで、史上初の勅撰集『古今集』編纂の中心的人物に抜擢されたり、プライベートでは貴族男性の和歌代作を頼まれたり……と、公私ともにひっぱりだこだった。

代表作として有名な『土佐日記』は、漢文で書かれた日記しか存在しなかった時代、仮名で書かれた日本初の日記。当時、

仮名は女性が使うものであり、男性が仮名を使うなんてのはもってのほかだった。冒頭は、「男もすなる日記といふものを、女もしてみむ、とてするなり」（男だって書くという日記というものを、女の私も書いてみようと思って、書くことにする）。つまり、男である貫之が、わざわざ女のふりをして、男が書いているという日記を書く、というえらくややこしい設定だ。

地方官として土佐に赴任していた四年半の間に、宇多法皇《うだほうおう》、藤原定方《ふじわらのさだかた》、藤原兼輔《ふじわらのかねすけ》など都にいた親しい人たちが次々と死去。さらに、土佐では、六十歳をすぎてできた愛娘が五歳で命を失ってしまう。「早く都に帰りたい」「娘のいないつらい気持ちを吐き出したい」そんなさまざまな感情を自由に表現するため、女性のふりをして仮名を使ったのだろう。

夏
第36首

夏《なつ》の夜《よ》は　まだ宵《よひ》ながら　明《あ》けぬるを　雲《くも》のいづこに　月宿《つきやど》るらむ

〔夏の夜は短くて、まだ宵のくちと思っているうちに明けてしまったのに、沈む暇もないだろう月は、雲のどこに隠れているのだろうか。〕

清原深養父《きよはらのふかやぶ》

琴の美しい調べに貫之《つらゆき》も感じ入る

作者は、第六十二首の清少納言《せいしょうなごん》（186ページ）の曾祖父、第四十二首の清原元《きよはらのもと》輔《すけ》（130ページ）の祖父でもある。内気で純情な人柄で、一生出世しなかった。

琴の名手で、『後撰集』には、「夏の夜、深養父が琴を弾くを聞きて」と、藤原《ふじわらの》兼輔《かねすけ》と紀貫之《きのつらゆき》が、彼の琴を聞いて詠《よ》んだ歌が収められている。兼輔は「みじか夜の更けゆくままに　高砂の　峰の松風　吹くかとぞ聞く」（短い夜が更けてゆくにつれて、あたかも高砂の峰の松に風が吹きつけて音をたてているように聞こえることだ）と、表現。貫之は「あしびきの　山下水は　行きかよひ　琴の音にさへ　ながるべらなり」（琴の音が、まるで山のふもとを流れる川のようだ）と、絶賛。晩年は京都・洛北の静原に補陀洛寺《ふだらくじ》を建てて隠棲。寺はのちに焼失してしまったが、現在は近くに名前を継いだ補陀洛寺がある。ここは、小野小町《おののこまち》終焉の地として知られている。

見えぬ月に思いをはせる斬新な発想

月といえば秋の夜長。そんな概念をくつがえす、夏の夜の短さを題材としためずらしいパターンといえる。『古今集』の詞書には、「月のおもしろかりける夜、あかつきがたによめる」とあるので、月が風流な夜、まだ暗い午前三時ごろに詠まれたことがわかる。「宵」は、夜に入ってすぐのころ。月がのぼって沈む時間もないほどだ、と夏の夜の短さを強調している。「雲のどこに月が宿っているのだろうか？」と、目に見えていない月を謳っているというのも新鮮だ。

平安時代の貴族たちはひと晩中、月を眺める風流な夜を過ごしていたようだ。夜の娯楽は、月を眺めるか、和歌を詠むか、女性のもとに通うか……といったところだろう。このなかで一番楽しそうなのは、「女性のもとに通う」ことだが、当時は、陰陽道で吉とした日時、吉とした方角に出向いていたので、毎晩自由に歩き回っていたわけではないだろう。となると、月を眺めて夜を過ごすことも多い。なんとのんびりしていることか。慌ただしい毎日を送る私たちにはうらやましいものである。

秋 第37首

白露《しらつゆ》に　風《かぜ》の吹《ふ》きしく　秋《あき》の野《の》は　つらぬきとめぬ　玉《たま》ぞ散《ち》りける

文屋朝康《ふんやのあさやす》

〔白露に風が吹き付けている秋の野は、紐で貫き留めていない玉が散りこぼれているようだなぁ。〕

視覚に訴える描写で、定家《ていか》に気に入られた謎の人物

この歌の作者は、生没年も経歴もくわしいことがわかっていない謎の人物だ。八九二年に駿河国で、発行する文書の審査役、掾《じょう》を務めたといわれている。この歌が詠《よ》まれたのは、八九三年のことで、是定親王《これさだしんのう》の家で歌合《うたあわせ》があったときだということだ。ほかに、「寛平御時后宮歌合《かんぴょうのおんときききさいのみやのうたあわせ》」などに参加したとも伝えられている。

この歌は、白露が風に吹かれて散り乱れている〝動〟の光景を描いているのが秀歌たるゆえん。藤原定家のお気に入りで、『近代秀歌』などの秀歌選にたびたび選ばれている。

宝石のような白露を、躍動感いっぱいに表現

「吹きしく」の「しく（頻く）」は、「しきりに」「度重なる」という意味で、風がくり返し吹いているようすを表わしている。びゅうびゅうと風が吹く秋の野で、朝康が注目したのは、草の葉の上で光っている白露だ。「玉」は宝石のことで、水晶か真珠だと思われる。通常は穴を開け、ひもを通して首飾りなどのアクセサリーに仕立てるものだ。その玉が、ひもで貫いてとめていないために散らばっている。そんな躍動感のある美しい光景を詠んでいる。

じつは、白露を玉にたとえるのは、当時よく使われた手法。この歌は『後撰集』に収められているのだが、その前にあるのが、紀貫之《きのつらゆき》が詠んだ「秋の野の　草は糸とも　見えなくに　置く白露を　玉とぬくらむ」（秋の野の草が糸にも見える。置いてある白露を玉として貫くための）という歌だ。そして、朝康のこの一首が続き、その次には、壬生忠岑《みぶのただみね》の「秋の野に　置く白露を　今朝見れば　玉やしけると　驚かれつつ」（秋の野に置かれた白露を今朝見たら、玉が散らばっているのかと思って驚いた）と、続く。『古今集』に収められた朝康自身の歌も、また同じパターンで「秋の野に　置く白露は　玉なれや　つらぬきかくる　蜘蛛の糸すぢ」（秋の野に置かれた白露は玉だろうか、蜘蛛の糸がつなごうとしている）というものだ。

恋 第38首

忘《わす》らるる　身《み》をば思《おも》はず　誓《ちか》ひてし
人《ひと》の命《いのち》の　惜《を》しくもあるかな

右近《うこん》

〔忘れられる私のことはいいのです。でも神様に愛を誓ったあなたに罰が当たって、命を落としてしまうのではないかと心配です。〕

『大和物語』にその名を残す、恋多き女性

鷹匠《たかじょう》（鷹の調教師）だった右近少将、藤原季縄《ふじわらのすえなわ》の娘。醍醐天皇《だいごてんのう》の后、穏子《おんし》に仕えていて、父親の官名より〝右近〟と呼ばれていた。

恋多き女性で、当時の宮中のようすをまとめた『大和物語』に、その華やかな恋愛が記されている。藤原敦忠《ふじわらのあつただ》（134ページ）、藤原朝忠《ふじわらのあさただ》、藤原師輔《ふじわらのもろすけ》、源　順《みなもとのしたごう》らと交際があったようだ。

歌が上手で、さまざまな歌合《うたあわせ》に出詠し、女流歌人としても活躍した。

失恋の未練、恨みをスマートに伝える

恋をして、盛り上がって……しかし相手の気持ちが冷めてしまい、連絡も途絶えがちになり、しだいにその人が離れていく。誰だって、こういう経験はひとつやふたつあるのではないだろうか。そんなとき、ついつい「愛してるって、あんなにいってくれてたのに」「どうして私じゃダメなの」と、相手を責めてしまいがちだ。しかし平安時代に生きた右近は、未練をストレートに訴えたりはしない。

「忘らるる」とは、「忘れられる」という意味。「身をば思はず」は、「自分の身のことは気にしない」ということ。あなたに忘れられてしまった私のことを嘆いているのではない、とまず伝える。次に「誓ひてし」、つまり「永遠に愛すると神に誓ったわよね」と、過去の情を念押しする。そして「神罰がくだって命を落としてしまうと思うとお気の毒」と、心変わりした不実な男性に、憎しみではなく情けをかける気持ちを装っている。この男が誰だかは記されていないが、藤原敦忠だと考えられている。敦忠は才能に恵まれた美男子で、とにかく女性にルーズだった。右近は、恨みをさまざまな和歌に託して贈ったが、敦忠の浮気は止まらない。

この歌を贈った男性から、返事はなかったらしい。こんな恨みがましい歌に、機転をきかせたうまい歌を返すのは、さすがに無理というものだろう。

恋
第39首

浅茅生《あさぢふ》の 小野《をの》の篠原《しのはら》 しのぶれど
あまりてなどか 人《ひと》の恋《こひ》しき

〔浅茅のはえている小野の篠原の「しの」ではないが、もう忍びきれない。どうしてこんなにあなたが恋しいのだろう。〕

参議等《さんぎひとし》

思いをおさえることができない、忍ぶ恋こそが美しい

参議等は、嵯峨天皇《さがてんのう》の曾孫《そうそん》で、三河、丹後、山城の地方官を歴任し、九四七年に参議となる。歌は、『後撰集』に収められた四首しか残っておらず、歌人としての経歴は不明だ。マイナーな存在だったが、藤原定家《ふじわらのていか》の選歌によって、一躍スポットライトを浴びることとなった。

さて、「忍ぶ恋」といえば二種類ある。「思いを伝えたいのにそれを隠す」のと、「相思相愛なのだが、周囲に隠れて付き合っている」の二パターンだ。

現在の忍ぶ恋は、陰鬱なイメージしかない。前者なら片思い。後者なら不倫、ま

たは横恋慕といったところか。片思いなら早く告白してしまえばいいし、不倫なら、結局どちらかが泣くのは目に見えているから、さっさと見限ったほうがいい。でも気持ちをコントロールしづらいのが忍ぶ恋で、やはりつらく、暗いイメージだ。

しかし、平安時代の忍ぶ恋は〝美しい恋〟とされた。隠そうとしても隠しきれないあふれる思いに、美意識を感じたのだろう。

和歌の技巧を駆使しながら激しい恋心を詠む

「浅茅」は、茅葺《かやぶ》き屋根に使われる細い竹のこと。「生」を入れることで、浅茅がはえている野原を指している。「篠原」と「しのぶ」は「しの」を重ねることで、隠そうとする思いを強調し、限度を超えてあふれてしまいそうな心情を「あまりて」の四文字で表現している。まだ思いを告げていない女性に、おさえきれなくて狂いそうな恋心を伝えた、素直な一首だ。

ちなみにこの歌には、元ネタがある。『古今集』の詠《よ》み人知らずの一首「あさぢふの　をののしのはら　しのぶとも　人知るらめや　いふ人なしに」。つまり、参議等の歌は、下の句だけを変えた〝本歌取り〟。作者にとって上の句は、「しの」を重ねたいがための、いわば前書きなのだ。続く下の句で、一気に恋心の激しさを表現している。心の爆発力の面で、本歌を大きく上回ったといえるだろう。

恋
第40首

忍《しの》ぶれど　色《いろ》に出《い》でにけり　わが恋《こひ》は
ものや思《おも》ふと　人《ひと》の問《と》ふまで

〔誰にも知られないように隠していたのに、私の恋心は顔に出てしまったようだ。恋に悩んでいるのかと人に問われるほどに。〕

平兼盛《たいらのかねもり》

意地と名誉を懸けた歌勝負、勝敗はいかに？

九六〇年三月三十日、当代きってのインテリと謳われた村上天皇《むらかみてんのう》が主催した宮中の歌合《うたあわせ》で、平兼盛が恋を題材に詠《よ》んだ歌。兼盛は十世紀後半の歌人で、三十六歌仙のひとり。何度も前出している〝歌合〟だが、ここでくわしくご紹介しよう。

歌合とは、平安時代から鎌倉時代初めごろまでたびたび行なわれたイベントのこと。歌人が「左」と「右」のチームに分かれて、同じテーマで歌を詠んで優劣を決め、それを総合してチームの勝敗を争う。勝負に負けると大変な不名誉であり、ショックで死の床についた人もいたという。

この歌合で兼盛が対決したのは第四十一首の作者・壬生忠見《みぶのただみ》（126ページ）の歌だった。この戦い、どちらも優れた歌でなかなか勝敗が決まらなかった。そこで、困った判者が村上天皇のようすをうかがったところ、兼盛の歌を小さく口ずさんだので、兼盛の勝利と見なされた。が、じつはこの勝負は帝がはっきりと勝者を口にしなかったため、一抹の疑問が残っている。そのために、百人一首では第四十首と第四十一首の歌のどちらが優れているかが、いまだに議論の的となっている。

無自覚に表に出てしまった甘く切ない恋心

この歌の背景は、学生時代によくありそうな一幕だ。「おまえ恋しちゃってるんじゃないの？」と不意にクラスメイトにいわれてドキドキする、という場面。このリアルな描写が自身の体験ではなく、歌合に勝つことをねらったフィクションの歌といわれているのだから、兼盛の表現力には恐れ入る。

技巧的な面でも、歌合にふさわしい優れた構成となっている。結論を先に述べた後に「わが恋は」という主語を入れる倒置法を使うことにより、つい顔や態度に出てしまった、本人でさえ自覚していなかった恋の深さがより強調される。さらに第三者の客観的な目線を入れることによって、おさえきれずあふれ出した想いの強さが、よりいっそう伝わってくる。

恋
第41首

恋《こひ》すてふ　わが名《な》はまだき　立《た》ちにけり
人知《ひとし》れずこそ　思《おも》ひそめしか

壬生忠見《みぶのただみ》

〔恋をしているという私のうわさが、早くも世間に流れてしまった。誰にも知られないように密かに思い始めたばかりだというのに。〕

忠見の人生を狂わせた、運命の一首!?

第四十首の平兼盛《たいらのかねもり》の歌と歌合《うたあわせ》の席で対決した一首。作者の壬生忠見は、第三十首の作者である壬生忠岑《みぶのただみね》（100ページ）の息子。官位は低いが、歌人としての名は高い。父親と同じく三十六歌仙のひとりに数えられている人物だ。

歌合出席の勅命は、当時摂津国《せっつのくに》（現在の兵庫県の一部と大阪府の一部）の役人として田舎住まいをしていた忠見にとって、一世一代の栄誉であった。今でいうと地元でドサ回りをしていた歌手が、全国ネットで放送される紅白歌合戦に出場するような感覚だ。彼はここ一番の勝負服で出掛け、渾身の力を込めた恋の歌を披露した。

このときのようすを、『袋草子《ふくろぞうし》』は「田舎の装束のままにて、柿の小袴衣《こばかぎ》を今にもちて肩に懸く」と記している。つまり、歌合に出席していた周囲の都びとは、忠見のことを田舎者の格好で上京してきた、と内心バカにしていた節がある。ちょっとしたアウェイ戦の状況だった彼に残された武器は、もち前の歌の才能だけだったに違いない。ところが、その得意の歌でも兼盛《かねもり》に負けてしまう。勝った兼盛は大喜びで、ほかの勝負は聞きもせず、踊るように会場を出ていったという。このとき、忠見は相当悔しかっただろう。

その後、彼は食べものがのどを通らなくなり、とうとう不治の病にかかって命を落とし、「これほどまでに芸術に情熱を注ぐことができる忠見こそ、真の風流人である」と人々は彼を賞賛した……という美談があるが、どうやらこれはつくり話らしい。家集『忠見集』を見ると、歌合の後も活躍したことがわかる。話はいつだっておもしろく脚色される。ともあれ、忠見にとってこの歌合は、それほど大きな挫折だったということだ。

敗者・忠見に味方する人が多い理由

忠見か兼盛か。歌合の席を離れてもなお、この二首については論争がやまない。しかも、当時は兼盛に軍配が上がったものの、後世になって忠見を支持する声が高まっている。なぜか？　その理由は、背景も含めて両歌を鑑賞してみるとより理解できるだろう。まず、対戦相手だった兼盛の歌。宮中歌人らしい技巧を凝らしつつも、全体的に流麗な調べで仕上げた雰囲気がある。それに比べると、恋する気持ちをストレートに詠《よ》み上げた忠見の歌は、少し地味な印象になってしまう。もしかしたら歌合を観覧していた人々の批評には、忠見の野暮ったい見た目の印象も多少影響したのかもしれない。

しかし、この歌合の判者は当時六十一歳の藤原実頼《ふじわらのさねより》。有名な歌人ではないが、左大臣のひとりで、温和な人柄から周囲の信望も厚かった人物だ。彼は人の見かけに惑わされることなく、純粋に作品のすばらしさを見抜いていた。忠見の和歌には、どこか憂いを秘めた美しさが漂う。技巧的にもじつは凝っていて、上の句と下の句は倒置法になっている。「早くも世間に知られてしまった。密かに想い始めたのに……」と表現することで、「もう想いを遂げることは無理かもしれない」という悲哀に満ちた余韻が残る。そこから、控え目で純情な作者の人柄も忍ばれてくる。

成らぬ恋に悩んでいるうえに、勝負に敗れて命まで落としたとうわさされるかわいそうな忠見。作品がすばらしいのはもちろんだが、つい哀れをそそられて、味方になってやりたくなるのが世の常というもの。彼が支持される理由には、こうした事情も含まれているのではないだろうか。

第41首 壬生忠見

契《ちぎ》りきな　かたみに袖《そで》を　しぼりつつ
末《すゑ》の松山《まつやま》　波《なみ》こさじとは

かたく誓いましたよね。おたがいに涙した袖をしぼり、「末の松山」がけっして波をかぶらないように、ふたりの愛も変わらないと。

清原元輔《きよはらのもとすけ》

即興で和歌を詠《よ》む、歌のプロフェッショナル

「心かはりて侍《はべ》りける女に、人に代はりて」と、『後拾遺集』に記してある。このことから、作者の清原元輔が、女性の心変わりによってふられた当人に代わってつくった歌ということがわかる。

元輔は、第三十六首の清原深養父《きよはらのふかやぶ》（116ページ）の孫で、『枕草子』で有名な清少納言《せいしょうなごん》（186ページ）の父にあたる。彼は『万葉集』に訓点をつける作業や『後撰集』の編纂《へんさん》を行なう和歌のエキスパート集団「梨壺《なしつぼ》の五人《ごにん》」のひとりで、三十六歌仙にも選ばれている。パトロンとなる貴族たちの邸宅に出入りし、賀歌《がのうた》や屏風《びょうぶ》

歌《うた》を献じるプロ歌人でもあった。並びに、即興で和歌を詠《よ》む名人だった。第四十首の平兼盛《たいらのかねもり》（124ページ）が、歌合《うたあわせ》のたびにきちんと正装をして、長時間考え悩んだすえに歌を詠むのを見て、「予は口に任せて之《これ》を詠む」すなわち「そんな深刻に考えないで、思いついたまま詠めばいいじゃないか」といったらしい。

歌の表現的背景を見ると、下の句の始めにある「末の松山」は、陸奥国《みちのくに》（現在の宮城県、岩手県周域）を代表する格調高い歌枕として、さまざまな和歌に使われている。海岸からかなり離れたところに松山があるため、そこまで波が越えてくることはまずありえない。そこで、男女の変わらぬ愛の誓いの言葉に「末の松山」がたとえられ、もし誓いが破られれば「波こゆる」と表現された。ちなみに「末の松山」のモデルになっている場所は、はっきりしていないが、現在の宮城県多賀城《たがじょう》市付近という説が有力。美しい松の佳景を愛の誓いにたとえる雅《みやび》な表現は、当地におもむいた中央役人たちによって都に伝えられた。交通が発達していなかったため、おいそれと旅行に行けなかった都びとたちは、「末の松山」と聞くだけで心を躍らせ、まだ見ぬ風景に想いをはせたのだろう。

復縁屋の「押してダメなら引いてみろ」精神

この歌はまさに「できることなら、ヨリをもどしたい」という男の未練を吟じたものだ。元になっているのは、『古今集』にある「君をおきて　あだし心を　わが持たば　末の松山　波もこえなむ」という有名な歌。「あなた以外の誰かに心をひかれたら、末の松山を波が越えてしまうでしょう（それくらいありえないことです）」と愛を誓った歌を逆手にとり、心変わりすることはないと約束したのに、と相手に訴えかけている。いかにもプロ歌人らしい、ウィットに富んだ表現だ。代筆を依頼した人物は、この見事な歌を贈ることによって、自分をふった女性がもう一度振り向いてくれることを、願っていたに違いない。

内容を吟味すると、代筆とは信じがたいほど、当事者の心理を見事に読みとった一首であることがわかる。冒頭の「誓ったではないか」といい切るところにこそ、怒りや失望が強く込められているが、全体を通して直接相手を責めるようなことはしていない。美しい言葉を巧みに織り交ぜ、最終的には女性をもう一度口説きにかかっている。ただ文句ばかりをいわれると、相手の女性も反発をするか、「こんな面倒くさい人と別れてよかった」と思ってしまう。ところが、「あのとき、あれほど泣いて別れを惜しんだふたりだったのに」とたがいの気持ちが最高潮に盛り上がっていたころを引き合いに出されると、つい情がわく。相手は「ごめんなさい」と素直に申し訳なく思ったことだろう。この「押してダメなら引いてみろ」という柔軟で前向きな感覚も、ポジティブ思考の元輔の性格によるものなのかもしれない。

逢《あ》ひ見《み》ての　後《のち》の心《こころ》に　くらぶれば
昔《むかし》はものを　思《おも》はざりけり

〔あなたに会って、一夜を過ごした後のこの恋しい気持ちに比べれば、会う前までのもの思いなど、していないも同然だったなぁ。〕

権中納言《ごんのちゅうなごん》敦忠《あつただ》

命短い家系に生まれた、いわくつきの貴公子

作者は恋多き貴公子、藤原敦忠。彼の母親が、美男子と名高い在原業平《ありわらのなりひら》（70ページ）の孫にあたり、その血を受け継ぐ敦忠もかなりのイケメンだったという。

敦忠は琵琶《びわ》の名手で、三十六歌仙に選ばれるほど歌才もあったが、三十八歳で亡くなっている。三十九歳で死んだ父親の藤原時平《ふじわらのときひら》をはじめ、この一族はみな若くして死んでいる。人々は、これを菅家の祟《たた》りとうわさした。なぜなら、時平が菅原道真を九州へ追放した中心人物であったからだ。敦忠自身もその運命を予知していたのか、「われは命短き族なり。必ず死なむず」と妻にいったと『大鏡《おおかがみ》』にある。

さらに、彼は自分が死んだ後に妻が誰と再婚するかを予言した。しかも、それが現実になったという、ギョッとするようなエピソードが同書に残されている。

ただ『今昔物語集《こんじゃくものがたりしゅう》』には、敦忠が時平の実子でないという話がある。母親は藤原国経《ふじわらのくにつね》の妻で、敦忠を妊娠しているときに、時平が自分の妻にしてしまったとか。とすれば、彼が菅家の祟りで死ぬのは、お門違いのような気がする。いっぽうで、彼が早世したのは、恋人で第三十八首の右近《うこん》（120ページ）の誓いを破った罰という話もある。

ため息が聞こえるような、切なく色めいた恋の歌

技巧を凝らすこともなく、激しい思慕をストレートに詠《よ》んだ恋の歌。彼女のことを知れば知るほど、日々つのる恋心。同時に、嫉妬《しっと》や独占欲に悩まされるようになっていく。まるで、千年のときを超えて、敦忠のため息が聞こえてくるようだ。

さて、この歌の背景はいったいどんな状況だったのだろうか？　『拾遺抄』に「初めて女のもとにまかりて、またの朝につかはしける」と書かれていることから、一般的には「後朝《きぬぎぬ》の歌」に分類されている。「後朝の歌」とは、男女が初めて共寝をした朝に、男性から女性に贈る歌のこと。しかし、定家はこの歌を「後朝の歌」というよりも、切ない恋の歌と解釈していたと考えられている。

恋
第44首

逢《あ》ふことの　絶《た》えてしなくは　なかなかに
人《ひと》をも身《み》をも　恨《うら》みざらまし

中納言朝忠《ちゅうなごんあさただ》

〔もし逢《あ》うことがまったくなかったら、かえって、つれないあの人を恨んだり、自分の運命を恨んだりはしないだろうに。〕

メタボリックも気にしない、歌上手は恋愛上手

この歌は、第四十首と第四十一首の兼盛（124ページ）と忠見（126ページ）が対決した記念すべき歌合《うたあわせ》の場で発表されたものと『拾遺集』に記述されている。中納言朝忠は、この歌合で七回対戦し、六勝一敗という好成績を残した人物。第二十五首の作者・藤原定方《ふじわらのさだかた》の五男で、トントン拍子に出世し、従三位中納言まで昇進した。

朝忠は雅楽などで使う笙《しょう》や笛の名人だったという優雅な一面が語られるいっぽうで、長身肥満だったという話が残っている。そういえば、どんな百人一首カルタ

にも、この人はちょっとメタボ体型で描かれている。しかし、多少太っていようと、この時代では歌の上手さこそが、恋愛における重要なポイントだった。彼は三十六歌仙に選ばれるほどの歌の腕前もあってか、なかなか派手な恋愛遍歴をもっている。第三十八首の右近《うこん》（120ページ）も恋人のひとり。この多彩な恋愛経験が、朝忠の創作活動にインスピレーションを与えていたのかもしれない。

わずかな希望にかえって苦しむ、恋のパラドックス

恋というのは、あまのじゃくなものだ。熱心にいい寄ってくる相手には興味がなくなるのに、振り向いてくれない相手のことはつい気になってしまうもの。偶然見かけたり、すれ違ったり、ちょっと話しかけられた日には、もう夜も眠れない。こうした恋愛体験に、覚えがある人もきっと多いはず。この歌は、まったく逢えないならまだしも、もしかしたら……という希望を捨てきれずに悩む恋の歌だ。その苦しさゆえに、「なかなかに」＝「かえって」逢えないほうがマシだといっている。「まったく逢えなかったらいいのに」と、話が極端な方向に走っているのがおもしろい。

この歌の背景は二説ある。まだ一度も会ったことのない「いまだ逢わざる恋」か、逢うことはできたがなんらかの理由で逢えなくなっている「逢って逢わざる恋」か。藤原定家《ふじわらのていか》は後者と見ていたようだが、真相は不明である。

恋
第45首

哀《あは》れとも　いふべき人《ひと》は　おもほえで
身《み》のいたづらに　なりぬべきかな

謙徳公《けんとくこう》

〔私のことをかわいそうといってくれる人は、誰も思い浮かばず、私は思いこがれてむなしく死んでしまいそうですよ。〕

万事快調な御曹司が歌った、女々しい純情歌

男性の恋心を詠《よ》んだ歌のなかでも、群を抜いて女々しいのがこの一首。きっと作者もナヨナヨしたヤツだったに違いない、と思いきや、そうでもないようだ。謙徳公は諡《おくりな》で、作者の本名は藤原伊尹《ふじわらのこれただ》。諡はおもに地位が高い人に対して、生きていたときの仕事の功績などを讃えて贈られる名前のこと。

藤原師輔《ふじわらのもろすけ》の長男である彼は、御曹司として順調に出世し、大臣、摂政までのぼりつめた。知的で美形、和歌の才能もあった。性格は豪快で派手好み。ホームパーティーを開く際に、寝殿の壁などが少し黒ずんでいるのが気になった伊尹は、家の

者に命じて陸奥紙《みちのくがみ》を壁一面に貼《は》らせた。これが功を成し、白く清げに見えたというエピソードが『大鏡《おおかがみ》』にある。

あらゆることに恵まれた人ゆえ、失恋しても同情されなかったのだろうか。そう考えると、大物ジュニアならではのコンプレックスがあったのかもしれない。

恋に生きてこそ男らしい、平安時代の価値観

『拾遺集』の詞書《ことばがき》には「ものいひはべりける女の、後につれなくはべりて、さらに逢はずはべりけれ」（作者がいい寄った女性が、冷たくなって、逢ってもくれなくなった）とある。自分の孤独を「おもほえで」、つまり「誰も思い浮かばない」と強調し、相手に気にかけてもらおうとするあたりが、いかにも女々しい。しかも、失恋の痛手で死ぬだの生きるだのとは、なんとおおげさなお人だろう。

とはいえ、この時代の王朝歌人たちにとっては、恋の歌をひとつも詠めないほうが無粋であり、恋に悩み、果てには死んでしまう男のほうが男らしいとされていた。おそらく、平安時代の人々が、恋愛に消極的な現代の男子を見れば、きっと「なんと女々しい奴だろう」と思うはずだ。

時代が違えば、これほどに価値観が違う。この歌は、平安時代の価値観で鑑賞してこそ輝く一首といえよう。

由良《ゆら》の門《と》を　わたる舟人《ふなびと》　かぢをたえ　行方《ゆくへ》も知《し》らぬ　恋《こひ》の道《みち》かな

曾禰好忠《そねのよしただ》

〈由良の海峡をこぎ渡る舟人が、櫂《かい》がなくなって行く先も知らず漂うように、この先どうなるかわからない私の恋だなぁ。〉

斬新さがウリの異端児・通称「ソタン」

曾禰好忠は、変わり者で有名な人物だったようだ。丹後国（現在の京都府北部）の掾《じょう》という役人であったことから、曾禰の姓をとって、「曾丹後掾《そたんごのじょう》」と呼ばれるようになり、いつしか「曾丹《そたん》」に短縮された。今でいう木村拓哉を「キムタク」、宮藤官九郎を「クドカン」と呼ぶ感覚だろうか。しかし、本人はソタンと呼ばれるのがイヤだったらしく、「今にソタになるのでは」と恐れていた……という、およそどうでもいいような話がある。愛称というより、少しあざけった呼び名だったようだ。歌風も変わっていて、俗語や『万葉集』の古語を使い、王朝歌人らしからぬ斬新な目線で歌を詠《よ》んでいる。これが後世になって評価されるのだが、当時はただ異端あつかいされていた。円融院《えんゆういん》の御幸《みゆき》の歌会に、招待されていないのに粗末な格好で現われ、「ここにいる人たちより私のほうが歌の才能がある。私が招かれないはずはない」と主張したが、あえなくつまみ出されてしまったというエピソードもある。この性格が災いしてか、出世もままならず下級役人で終わっている。

あてどもない恋の不安を、舟人に重ねて表現

自然の風景に心情を重ねる技法は、これまで何度も登場した。これもその技法を使っており、「櫂がなくなった舟」でよるべない心情を表現するあたりに、好忠のセンスがうかがえる。しかも、「由良の門を」という言葉で場所を想起させつつも、ゆらゆらと不安定に揺れる舟をもイメージさせているのも見事だ。

ちなみに、「由良の門」がどこの場所を指すかは二説ある。ひとつは、好忠が丹後の役人をしていたことから、丹後の由良川とみなす説。もうひとつは、『万葉集』のころより「由良」が紀州海(現在の和歌山県沖)を指す歌枕として使われてきたことから、和歌山の由良港と見なす説だ。好忠が『万葉集』に傾倒していたことから、和歌山説がやや優勢だが、詳細はわかっていない。ともあれ、地名云々よりも、「ゆら」で舟が揺れるようすを表わした音の響きにこそ、人を酔わせる美しさがある。

秋 第47首

八重《やへ》むぐら　しげれる宿《やど》の　さびしきに
人《ひと》こそ見《み》えね　秋《あき》は来《き》にけり

〔つる草が生い茂るこの寂しい住まいに、訪れる人は誰ひとりとしていないが、それでも秋はやって来たのだなぁ。〕

恵慶法師《えぎょうほうし》

栄華を極めた伝説の邸宅・河原院《かわらのいん》の荒れ果てた姿

『拾遺集』の詞書《ことばがき》に「河原院にて、荒れたる宿に秋来といふ心を人々よみ侍《はべ》りけるに」(河原院に集まって「荒れた家に秋が来る」という題で歌を詠《よ》み合った)とある。歌の舞台となる河原院は、百年にわたり王朝文学に登場する興味深い邸宅だ。元は第十四首の源融《みなもとのとおる》(64ページ)が造営した豪華絢爛《ごうかけんらん》な別荘だった。彼は陸奥国《みちのくに》(現在の東北地方)に赴任したときに見た塩竈《しおがま》の浦(現在の宮城県松島湾)の海浜風景が忘れられず、わざわざ海水を運んでその風景を再現した広大な庭をつくり、そこで塩づくりまで楽しんだという。もはや邸宅というよりテーマパークだ。

ところが、融の死後約八十年も経つと、この邸宅は荒れ果てた寺となっていた。この歌が詠まれたころは、融の曾孫《そうそん》にあたる安法法師《あんぽうほうし》が住んでいたらしい。作者の恵慶法師は、この安法法師の友人にあたる。播磨国（現在の兵庫県）の国分寺の僧で、仏典の講義などをしていた人物だ。著名歌人たちと交流があり、彼らは河原院に集い、歌を詠み合った。この歌もそうしたなかで生まれたものと考えられている。

ちなみに河原院は、この後さらに荒廃が進んだ。王朝末期の『今昔物語集』では人を喰らう鬼が住んでいたとされる。ここまでくると、もうオバケ屋敷だ。

変わりゆく世の中でも、季節だけはめぐりくる

百人一首は、季節ごとにみると秋の歌の数が明らかに多い。これは晩年の藤原《ふじわらの》定家《ていか》に、秋の風情に心惹《ひ》かれる傾向があったためと思われる。この歌も、定家好みの秋の歌。源融の時代は栄華を極めた屋敷だったが、今では「むぐら」＝「つる草」が「八重」＝「たくさん重なる」、つまり、つる草が生い茂っている。恵慶法師は、この屋敷に盛者必衰のはかなさを感じていたのだろう。そう考えると、「世のなかはなんと無常なことか。それでも、秋だけは今も昔も変わらずやって来るのだなあ」という、詠嘆の気持ちが読み取れる。人の営みなど、しょせん風の前の塵《ちり》に同じということか。

恋
第48首

風《かぜ》をいたみ　岩《いは》うつ波《なみ》の　おのれのみ
くだけてものを　思《おも》ふころかな

源《みなもとの》　重之《しげゆき》

〔風が激しくて、岩に当たる波が砕けるように、私だけが心も砕け散るほどに思い悩んでいる今日このごろだなぁ。〕

東北から九州まで、転勤を重ねた流浪の歌人

源重之は、清和天皇《せいわてんのう》の皇子である貞元親王《さだもとしんのう》の曾孫《そうそん》にあたる。鎌倉幕府を開いた源頼朝《みなもとのよりとも》に代表される、清和源氏といわれる家筋だ。十世紀半ば～十一世紀初めの冷泉天皇《れいぜいてんのう》の時代に活躍した人で、冷泉帝の皇太子時代は東宮警護の士長である帯刀《たちはき》先生《せんじょう》を務めた。即位後はさまざまな地方に赴任し、最後は陸奥国《みちのくに》（現在の東北地方）で没している。筑紫国（現在の九州）にもいたらしく、福岡県の箱崎や志賀島を歌に詠《よ》んでいる。交通が発達していなかったこの時代では、見聞が広い人物だったといえよう。

三十六歌仙にも選ばれており、第四十首の平兼盛《たいらのかねもり》（124ページ）、第四十六の曾禰好忠《そねのよしただ》（140ページ）、第五十一首の藤原実方《ふじわらのさねかた》（152ページ）らと親交があった。平兼盛が重之に贈った歌が『拾遺和歌集』に残っている。「陸奥《みちのく》の　安達が原の黒塚に　鬼こもれりと　聞くはまことか」（陸奥の安達が原の黒塚に鬼がいるというのは本当か）。その詞書《ことばがき》には「陸奥国名取の郡、黒塚といふ所に重之が妹あまたありと聞き侍《はべ》りていひつかはしけり」（重之が妹を含め、一族もろとも引き連れて陸奥に行くと聞いて贈る）。安達が原は、福島県の安達太良山《あだたらやま》の東部にあたり、黒塚という所には鬼婆が住んでいたという伝説があった。兼盛は重之の妹たちを鬼婆にたとえて、ちょっとしたジョークを詠みかけているのだ。

ちなみに、第四十八首が含まれている重之の歌集『重之集』のなかの「重之百首」は、現存する百首歌のなかで最古のものとされる。百首歌は、百首の歌が収録された作品集のこと。ひとりで百首詠んだものと、複数の人が詠んだものを百首集めたものとに分類される。平安時代から鎌倉時代にかけてさかんに編纂《へんさん》され、種々の形式が生まれた。彼の百首歌はこれらの祖として、和歌史上で大きな意義をもつ。

岩に激しく打ちつける波でイメージするのは、そう、冬の日本海。どんよりと曇った空の下、荒波が岩に押し寄せては砕け散る。まるで、昔の東映映画のオープニングのような風景だ。

同じ音を重ねて生み出す波のようなリズム

この歌は、平然として動じない岩を女性に、その岩に当たっては砕ける波を自分の心にたとえたもの。勢いが激しいほど、バラバラに砕け散る波の哀しさが、情熱的な恋心と同時に、絶望的な恋の結末を暗示している。

「くだけてものを思ふころかな」という表現は、当時の常套句《じょうとうく》だったらしい。『梁《りょう》塵秘抄《じんひしょう》』という平安末期に編集された民衆の歌謡集には、「山伏の腰につけたる法螺貝のちゃうと落ち、ていと割れ、くだけて物を思ふころかな」という一節がある。これは、山奥で修行を積む山伏が、法螺貝《ほらがい》を吹いて気を引こうとしたが、落として割れてしまい、悲恋の予感を感じているという話。民衆も多用していた言葉なのだ。

このありふれた言葉を、見事ドラマティックな名歌に仕立てているのが重之のすごいところ。やはり、荒れ狂う海の情景を詠んだ上の句が、「くだけて」を導くための序詞《じょことば》になっているのがきいている。「いたみ」、「なみ」、「おのれのみ」と「み」の音がくり返されるのも、この歌に独特のリズムを添えている。

さすがは三十六歌仙。と思いきや、元になっている歌があるという。それが、第十九首の伊勢《いせ》（76ページ）の歌集『伊勢集』にあるこの一首。「風ふけば　岩うつ波の　おのれのみ　くだけてものを　思ふころかな」。なるほど、そっくりだ。

恋
第49首

御垣守《みかきもり》　衛士《ゑじ》のたく火《ひ》の　夜《よる》はもえ
昼《ひる》は消《き》えつつ　ものをこそ思《おも》へ

大中臣能宣朝臣《おおなかとみのよしのぶあそん》

〔衛士が灯すかがり火が、夜は燃え、昼は消えるように、私の恋心も夜は燃え上がり、昼は身が消え入るように思い悩んでいます。〕

望郷の思いでかがり火を眺め入る衛士を詠《よ》む

大中臣能宣は、代々伝わる伊勢神宮の最高責任者の家柄で、自身も祭主を務めた。歌人の多い家柄でもあり、第六十一首の伊勢大輔《いせのたいふ》（184ページ）は彼の孫にあたる。「梨壺《なしつぼ》の五人《ごにん》」のメンバーで、三十六歌仙のひとりでもある。

この歌にある「御垣守」は宮廷を警護するガードマンのこと。「衛士」は、さまざまな国から都にやって来ていた優秀なガードマンを指す。『更級日記《さらしなにっき》』には、この衛士と姫君のラブストーリーが登場する。武蔵国（現在の東京都と埼玉県と神奈川県の一部）から衛士としてやって来た男が「郷里に帰りたいなぁ」と愚痴を吐いていたところ、帝の姫君がこれを聞いていた。そして「私をお前の故郷へ連れていっておくれ」という。男は恐ろしく思いつつも、ついに姫君を故郷に連れ去った。ところが、姫君のお香で足がつき、すぐ追手に見つかってしまう。しかし姫君は「帰らない」の一点張り。困った帝はとうとう折れて、姫君と男に武蔵野を預け、立派な屋敷を建てて住まわせたという。これはごくまれなケースの逆玉ドラマ。大半の衛士たちは、望郷の思いを抱えつつ、毎日かがり火を見つめていたと思われる。

平凡な毎日のなかに、和歌の火種を見出す

この歌では、宮廷を守る衛士が焚《た》くかがり火をみずからの恋心にたとえて、夜と昼、燃え上がるときと消え入るときを毎日くり返し、一日中相手のことを想う切ない気持ちを歌っている。ゆらめく恋心が、ふとした拍子に燃えたぎる炎となってしまいそうな……。流れるような調べのなかに、秘められた情熱も感じられる一首だ。ビジュアルも重要な観賞ポイントだろう。第四十八首の源重之《みなもとのしげゆき》（144ページ）も「岩打つ波」を効果的に詠《よ》んだが、この歌では「夜の闇にゆらめく炎の美しさ」が胸に迫ってくる。恋心を何にたとえるかで、歌のよしあしが決まるといっても過言ではない。また、「昼」と「夜」、「燃え」と「消え」などの対句表現もあざやかだ。この対照的な言葉のコントラストによって、より鮮烈な印象の歌になっている。

恋
第50首

君《きみ》がため　惜《を》しからざりし　命《いのち》さへ
長《なが》くもがなと　思《おも》ひけるかな

藤原義孝《ふじわらのよしたか》

〔あなたへの想いがかなうなら命も惜しくなかったが、それが成就した今となっては、逆に生き長らえたいと思うようになった。〕

仏の道に深く帰依し、二十一歳で逝った美青年

この歌は『後拾遺和歌集』の詞書《ことばがき》に「をむなのもとよりかへりてつかはしける」ものとして出ている。つまり、意中の女性の家を訪ねて一夜を明かしたのち、帰ってすぐに贈る「後朝《きぬぎぬ》の歌」のことを指しているのだ。

命を捨ててもよいくらい一途に思いつめていたのに、想いが通じると一転、いや、やっぱり長生きしてあなたといつまでも一緒にいたい、とはなんと素直でストレートな表現なのだろう。現代では、なかなかこれほどストレートにいってくれる男性は少ないだろう。

作者の藤原義孝《ふじわらのよしたか》は、第四十五首の謙徳公《けんとくこう》（138ページ）の三男。九七四年、天然痘のため二十一歳で急逝した。名筆で知られる藤原行成《ふじわらのゆきなり》は、彼の息子だ。

美青年だったが、けっして浮ついたところはなく、幼少から熱心に仏の道に励んだ。その道心深さを伝える逸話がいくつかの書物に散見される。たとえば『大鏡《おおかがみ》』によると、法華経を読み終えるために生き返りたいので、火葬しないでほしいと病床で遺言したそうだ。

さまざまな芸ごとに秀で、歌才もおおいに発揮したため、将来を嘱望されていたという。文句をつけようがない優等生ぶりにくわえて、眉目秀麗な容姿。彼の早世はまったく、神の気まぐれとしかいいようがない。

恋はかなったのに、かなわなかった長生き

義孝の信仰の厚さに鑑みて、「惜しからざりし命」とは彼の仏への道を指すものであって、歌の意を「あなたのせいで恋に目覚め、命が惜しくなってしまった」とする解釈もある。しかし、「これまでは仏さま命だったのに……」では、いくらなんでも色気がなさすぎはしまいか。現代の読者である私たちとしては、やっぱり恋愛における不思議な気持ちの変化を詠《よ》んだものとして楽しみたい。

恋
第51首

かくとだに　えやはいぶきの　さしも草《ぐさ》
さしも知《し》らじな　もゆる思《おも》ひを

藤原実方朝臣《ふじわらのさねかたあそん》

〈こうだとすらいうこともできない、もぐさみたいな私の恋心、あなたは知るよしもないだろうね。このくすぶり燃えるほどの思いを。〉

多くの伝説が残る、落馬で命を落とした歌人

藤原実方には、不思議な逸話や伝説が多く残るいっぽうで不明な点が多い。歌人としては著名だった。宮中で狼藉を働いたために左遷された陸奥国《みちのくに》（現在の東北地方）にて、九九八年、四十歳前後で没したが、生年はわからない。その死因に関しても、神様の前を馬に乗ったまま通過しようとしてその怒りにふれ、落馬したというつくり話めいたものだ。さらには死後、雀《すずめ》になって清涼殿に飛んできたなどという説話まである。かの清少納言と親密な関係にあったといううわさもある。

そんな作者が詠《よ》んだこの歌は、純粋な恋心があふれ出した一首だ。

張りめぐらされた掛詞《かけことば》や縁語は、まさに技巧のデパート

「かくとだに」は「こうだとすら」の意味。「もゆる思ひ」の「ひ」は「火」にひっかけており、「燃えるような思いが口に出せない」とつながる。それにくっつく「いぶきのさしも草」とはいったい何なのだ？　となるが、ここにはアクロバットな技巧が隠れている。

「さしも草」はお灸《きゅう》に使うもぐさ（ヨモギ）の原料で、もぐさの産地が伊吹山《いぶきやま》（岐阜県と滋賀県の中間）。これで、「いふ」と「いぶき」に掛けているのみならず、あとに続く「さしも知らじな」（君はそんなこと知るはずないよね）という響きを導き出す仕掛けにもなっているのだ。口ずさんでみると、つらなっていく語感がじつに心地よい。掛詞とはいえ、お灸のもぐさがなぜ恋文に？　と思うかもしれないが、もぐさがじわじわと燃えていくさまを、「もゆる思ひ」という切ない恋心になぞらえた縁語の技法が、見事に効果を発揮している。まさに超絶技巧といえよう。

掛詞や縁語を駆使した表現は、当時の貴族の優雅なテクニックだったのかも知れないが、難しく考える必要はまったくない。結局は洒落《しゃれ》で遊んでいるのだから。よくよく読むと、「えやはいぶきのさしも草」も、「恐れ入谷の鬼子母神」「その手は桑名の焼きはまぐり」と、たいした違いはないということがわかってくる。

恋
第52首

明《あ》けぬれば　くるるものとは　知《し》りながら
なほ恨《うら》めしき　朝《あさ》ぼらけかな

〔夜が明ければかならず日が暮れ、あなたに会えることはわかっているけど、やはり別れの朝はつらい。夜明けの薄明かりが恨めしいよ。〕

藤原道信朝臣《ふじわらのみちのぶあそん》

婉子女王《えんしじょおう》に惚《ほ》れ込んだが失恋した傷心の歌人

父は藤原兼家《ふじわらのかねいえ》と摂関の地位を争った太政大臣為光《ためみつ》、母は謙徳公《けんとくこう》（138ページ）の娘。歌才に恵まれ人柄もよかったが、二十三歳で早死にしてしまった。

道信にはつらい失恋の経験がある。相手は、花山天皇《かざんてんのう》の女御《にょうご》となるも、帝の出家のため宮中を退出した婉子女王だ。美女の呼び声高く、道信は相当ご執心のようだったが、婉子は財力のある政界の実力者、藤原実資《ふじわらのさねすけ》と再婚してしまった。そのことを知った道信は胸もつぶれんばかりに落胆し、傷心のうちに「うれしきは　いかばかりかは　おもふらむ　憂きは身にしむ　心地こそすれ」（あなたの幸せはいかほどかと思うが私はつらさが身にしみます）という歌を彼女に贈るのだった。

その夜会えるとは知りながらも、なお待ち遠しい逢瀬

暮れては訪ね、明けては別れ……。当時の結婚や男女交際の習わしとして、男はひたすら女の家に通い、せっせと後朝《きぬぎぬ》の歌を贈り続けた。この歌もそのひとつだ。「この日もまた、来てほしくない夜明けが来た……」。外は雪が降り、わずかに白んだ寒空には、凍てつくほどの冷たい空気がぴんと張りつめている。極楽のように心地よい寝床と、熱い夜を過ごした恋人の肌の温もりを断ち切って、寒空のもとひとり帰らねばならないのだ。ただでさえ早起きはつらいのに、まだまだ若い道信には、いっそう身にこたえただろう。

雪が降っていることは、『後拾遺集』に添えられた「女のもとより雪ふり侍《はべ》りける日かへりてつかはしける」という詞書《ことばがき》からわかる。同歌集では、ひとつ前に、後朝にひとり雪道を帰る寂しさを詠《よ》んだ道信の歌があり、この「明けぬれば」とセットになっている。したがって「百人一首」において単独で鑑賞するとき、雪の情景はカットされ、ただただ朝ぼらけへの恨めしさが後をひく。

彼のはかなく短かった生涯を思うと、夜明けが恨めしい、日没まで待つ時間すら惜しい、というもどかしい気持ちが、まことリアルに感じられる。

恋
第53首

嘆《なげ》きつつ　独《ひと》りぬる夜《よ》の　明《あ》くるまは
いかに久《ひさ》しき　ものとかは知《し》る

右大将道綱母《うだいしょうみちつなのはは》

〔私が悲しみに嘆きながら、独り寝で過ごす夜が明けるまでいかに長いか、あなたにはわからないでしょうね。〕

嫉妬《しっと》と屈折した心模様を描いた『蜻蛉日記《かげろうにっき》』の作者

作者は美人の聞こえ高く、政界の大物、藤原兼家《ふじわらのかねいえ》との間に道綱をもうけた。『大《おお》鏡《かがみ》』で「きはめたる歌の上手」と称賛された彼女は、かの『蜻蛉日記』の作者で歴史上の超有名人なのだが、名前や呼ばれ方がまったく不明なため、ずっと〝道綱くんのママ〟でとおっている。十世紀半ばから終わりごろを生きた。

夫の兼家には時姫《ときひめ》という正妻をはじめ、道綱母以外にもたくさんの妻がいた。したがって彼女もまた、当時の女人たち同様、「男をじっと待ち続けるつらさ」を味わった。ただ兼家は、生涯とおして、誰ひとり正妻として迎えることはなく、自身が妻たちの家をひたすらめぐり歩いていたという。

道綱母は、そういった当時の世のならわしはよくよくわかっていたけれど、夫を待つだけしかできない心もとない状態に耐えられなかった。兼家と自分の身分があまりに違っていたことも、誇り高き彼女にとって不安材料だった。

嫉妬深く独占欲も強かった彼女。ただ黙って待つだけの女では終わらなかった。すねたり怒ったり手厳しい仕打ちをしたりとなかなか勝気で、しかもかなり屈折している。そして『蜻蛉日記』で、そんな屈折した心情で過ごした兼家との夫婦生活の半生を、ジメジメつづったというわけなのだ。

この歌も、嫉妬の念がじっとりうずまいているように見える。夫がほかの女のところで過ごしてきたのだから、当然といえば当然か。

色のあせた菊によせて……本当は怖い歌の背景

出典は『拾遺集』で、「入道摂政まかりたりけるに、門を遅く開けければ、立ちわづらひぬといひ入れて侍《はべ》りければ」とある。訪ねてきたにもかかわらず、彼女は門を開けようとしない。そこで兼家が「待ちくたびれた」といったのを聞いて、詠《よ》んだ歌ということだ。

「私が悲しみと失望に押しつぶされそうになりながら待った時間を何だと思ってる

の。ちょっと待たされたくらいで、よく待ちくたびれたなんていえるわね」とでもいわんばかり。自分と同じ苦しみを相手に味わわせなければ気がすまないタイプの人間なのだろうか。自分がまいた種とはいえ、兼家もこの嫉妬深い妻にはすこぶる手を焼いたことだろう。

じつはこの『拾遺集』の詞書《ことばがき》、編者によってソフトにつくり変えられたもので、この歌を最初に載せた本家本元の原典が別にある。ほかでもない『蜻蛉日記』だ。兼家との間に息子が誕生してまもないころのこと。作者は、夫にさっそく新しい女ができたことを知る。ほかの女にあてた恋文を発見したようだ。こういうところからバレるというのも現代と同じで、思わず苦笑させられる。

それを知って作者はある日、「急ぎの公用だ」といって夕刻に彼女の家を出た夫を、人を使って尾行させるのだ。女の勘が働いたのか、夫は思ったとおり新しい女の家へと入って行った。「やっぱり！」彼女は嫉妬の塊《かたまり》となる。夫は二、三日して戻ってきたが、腹立ちが収まらない作者は、とうとう門を開けなかった。すると彼は、またもよその女のところへ行ってしまったではないか。

作者は怒り心頭。翌朝、「嘆きつつ……」とじっとり詠んだこの歌を、枯れかけた菊と一緒に夫へ送りつける。むろん、こちらが本当の背景。こっちを知ると、『拾遺集』の嫉妬がなぜかかわいらしく思えてくるから不思議だ。

恋 第54首

忘《わす》れじの 行末《ゆくすゑ》までは かたければ 今日《けふ》を限《かぎ》りの 命《いのち》ともがな

〈ずっと愛してるよとあなたはいったけど、その気持ちが続くことは難しいので、今日この日限りの命であったらいいのに。〉

儀同三司母《ぎどうさんしのはは》

今をときめくイケメン実力者を射止め、幸福の絶頂

作者は学者・高階成忠《たかしなのなりただ》の娘で、本名を貴子《きし》という。才色兼備の彼女は、平安王朝の女性としては最高の栄華に浴した。熾烈《しれつ》な政権争奪戦を制した藤原兼家《ふじわらのかねいえ》の子、道隆《みちたか》に愛され、正妻として多くの子をなす。道隆は関白に、息子の伊周《これちか》、隆家《たかいえ》はそれぞれ内大臣、中納言に、娘の定子《ていし》は一条天皇の中宮、のちには皇后になった。「幸せを謳歌しておいて、死にたいなんて歌を詠《よ》むなどゼイタクな！」といいたくもなるが、栄華というのは、つねに不安ととなり合わせだったのだ。

この歌は道隆が貴子を見初め、通い始めたばかりのころに詠んだものなので、若

いふたりの気持ちが最高潮に達していたと想像できる。が、男の訪問を待つしかなかった女の、いいようのない心のざわめきが痛いほど伝わってくる歌だ。

道隆はかなりのプレイボーイで愛人も多かったが、貴子に対する愛と敬意を失うことはなかった。しかし夫亡き後、四十三歳で没するまで、あれほど繁栄した一家は急速に没落の道をたどり、貴子は尼になってしまうのだった。

男の愛が途切れることをおびえる切実な心情

ずっと愛し続けるよ、と甘い言葉で愛をささやく道隆。恋の喜びにうち震えつつも、その喜びが大きいほどに募る貴子の不安。「男の愛の言葉など信用できるか！」と片づけるのは簡単だが、当時のやんごとなき人々の恋愛事情は、現代といささか様相を異にする。男は何人でも妻をもてるし、愛人もつくり放題。女は自分から動くことができないから、男が来なくなったらそこで離婚。今日来てくれても、明日、あさって、その先、来てくれる保証などどこにもないのだ。道隆のような上流貴族の妻となることは、経済繁栄につながるので女の実家にとっても喜ばしいことだが、いつそれが暗転してしまうかもわからない。女の心情はいつも切実だった。

藤原定家《ふじわらのていか》は、第五十三首の道綱母《みちつなのはは》（156ページ）の歌とこの歌を意図的に並べた。嘆き、不安、恨み節が、相乗効果をもってビシビシと突き刺さってくるようだ。

雑
第55首

滝《たき》の音《おと》は　絶《た》えて久《ひさ》しく　なりぬれど
名《な》こそ流《なが》れて　なほ聞《き》こえけれ

大納言公任《だいなごんきんとう》

〔かつて美しかった滝は涸《か》れ、その音も聞こえなくなってだいぶたつが、輝かしい名声だけは、変わらず聞こえていることだよなぁ。〕

マルチな才能「三船《さんしゅう》の才」をもつ花形貴族

作者は関白太政大臣頼忠《よりただ》の長男、藤原公任。平安王朝の全盛時代に活躍した人だ。子には第六十四首の作者・藤原定頼《ふじわらのさだより》（192ページ）がいる。

とにかく何をやらせても超一流で、あらゆる学問、芸事に堪能だった。「三船の才」という言葉があるが、まさに彼にふさわしい形容だ。これは、御幸《みゆき》のときに詩、和歌、管弦の船を川に浮かべて、それぞれの道の名手を乗せたことから、公任のようなマルチな人物をそのように称するようになったものだ。第七十一首の源経信《みなもとのつねのぶ》（210ページ）も、多芸に秀でていたため、公任と並んで三船の才と称されていた。

こと歌に関しては優れた才能を発揮し、歌論書『新撰髄脳《しんせんずいのう》』『和歌九品《わかくほん》』、和歌の撰集『和漢朗詠集《わかんろうえいしゅう》』『三十六人撰《さんじゅうろくにんせん》』『金玉集《きんぎょくしゅう》』など、多数の編著作を残した。没後も歌道の師範として長く尊崇される、偉大な巨匠だった。

政治的にも名門の家柄だったが、同時代に最高権力者道長《みちなが》がいたため、官位は正二位権大納言を最高として、晩年は出家してひっそりと暮らした。もちろん全盛期は当代きっての花形貴族だったことは間違いない。「道長時代の四納言《しなごん》」という呼び名でとおった、一条天皇の時代に活躍した四人の公卿《くぎょう》のひとりでもある。

公任は負けん気と自己顕示欲が強かったそうだ。道長と同い年だが、政治でかなわなかったため、芸術で道長に対抗心を燃やしていた節がある。道長が大堰川《おおいがわ》（丹波山地から嵐山の下へ流れ出る川）で遊んだときに、詩、歌、管弦いずれの船に乗るかと聞かれた公任は、歌の船に乗って「小倉山　嵐の風の　寒ければ　紅葉の錦着ぬ人ぞなき」（小倉山や、嵐山から吹きおろす風が寒いので、紅葉のように美しく刺繍された錦の衣を着ない人はいないことよ）と詠《よ》み、人々を感心させた。が、「詩の船ならばもっと名声をあげられたのに」といってのけたという。

今は廃れてしまった滝殿《たきどの》の前で歌を披露

この歌は九九九年の秋ごろ、道長の供をして大覚寺を訪れたときに、庭の滝殿を見て詠んだ一首。九世紀ごろ、大覚寺には嵯峨天皇《さがてんのう》の離宮があった。滝殿とは滝に臨むように建てた殿舎で、人々はそこから優雅に滝をめでた。公任らが訪れたときには、滝は涸れてしまっており、滝殿は遺跡のみになっていたと思われる。公任は、壮麗だったと伝えられるかつての滝殿のように、自分も後世に名を残したいという思いを込めて、この歌を詠んだのかもしれない。

「滝」と「流れ」、「音」と「聞こえ」という縁語を続けて技巧を凝らしたり、「た」音や「な」音を続けて響きにこだわったりしている。

この歌は、もともと『拾遺集』で「滝の糸は」という初句で採用されていたものを、「滝の音は」という初句で『千載集』に再録。「滝の音は」が原型だとされ、藤原定家《ふじわらのていか》はこれを出典としている。「名」「流れ」「聞こえ」につながっていくことを考えると、「滝の音は」のほうがよりしっくりくるのではないだろうか。当時多く見られた「滝の糸」という視覚的表現ではなく「音」で耳に訴えることで新しい幻想的な世界をつくり出したという点が、優れた歌だといえる。

ところで定家は、公任を歌人として高く評価していなかった。「この時代の巨匠を選ばないわけにはいかなかった」と、いっていたと伝えられている。公任が聞いたら、ショックを受けるに違いない。

第55首 大納言公任

恋
第56首

あらざらむ この世《よ》のほかの 思《おも》ひ出《いで》に
今《いま》ひとたびの 逢《あ》ふこともがな

〔私はもう長くなさそう。あの世へ行く思い出に、せめてもう一度だけでいいから、あなたと愛し合いたいのです。〕

和泉式部《いずみしきぶ》

「恋を楽しんで何が悪いの」平安の世に生きた魔性の女

恋多き女、魔性の女、小悪魔……。この人には、そんな形容がよく似合う。男性遍歴の派手派手しさは、当代きっての最高権力者・藤原道長《ふじわらのみちなが》に「浮かれおんな」と評されたほどだった。宮中の人々のまゆをひそめさせ、ときには仰天させた、数々のエピソードが語り継がれている。

式部は、夫も子どももある身で、冷泉帝の第三皇子為尊親王《ためたかしんのう》とできてしまう（ちなみに子供というのは、第六十首の小式部内侍《こしきぶのないし》〈182ページ〉）。ときに式部は二十六、七歳くらい、為尊親王はまだ二十二歳だった。

若き親王と人妻のスキャンダルに、宮廷では衝撃が走った。男の面子《めんつ》を台無しにされた夫は彼女を離縁し、父からも勘当された。不幸にも、為尊親王はその二年後に亡くなってしまう。

だが、ここでめげないのが和泉式部。今度はその弟宮の敦道親王《あつみちしんのう》とちゃっかりくっつく（敦道親王は四年後に二十七歳で没す）。奔放というべきか、たくましいというべきか……。式部は、道徳や世間体をどうこう考えるよりもまず、自分の愛欲に正直に生きる女人だったのだ。

このような彼女の奔放な生き方が、歌に味わいをもたらすのであろう。歌人としての式部の才能は、あまたの才女が居並ぶ平安王朝の女流歌人のなかでも、優れて光輝いている。本能的フィーリングから、ダイレクトに引き出される言葉がつくり出す独特の世界は、異質な魅力を放つ。

まぎれもない「浮かれおんな」。しかし、それはそれ。道長は、彼女の才覚をけっして見すごしはしなかった。のちに、一条天皇の后であり、自分の娘でもある中《ちゅう》宮《ぐう》彰子《しょうし》の女房として、式部を重用することになる。

『後拾遺集』から採用されたこの歌の詞書《ことばがき》では、病気が重くなり死を予感したころ、病床から恋人に贈ったものと説明されている。恋人というのが誰かはわからないが、病のため弱ってしまった心が、無性に人恋しさをかき立てているようすが、すんなりと伝わってくる。

いつになく心弱く詠《よ》んだ歌の意外な色気

自分の死を覚悟する部分、「あらざらむこの世のほか」といういい回しもおもしろい。「あらざらむ」は「ないだろう」、「この世のほか」は「この世と違う場所」、このいい回しで「この世で生きていけないだろう」となる。逢いたい＝抱かれたいという直接的なフレーズは、官能的であると同時にいじらしくもある。でも、恋多き小悪魔な彼女のことだから、密かに恋人の反応を試していたのかも知れないが。

ところで、スキャンダルに事欠かなかった彼女の、情熱的で激しい生き方からすると、この歌はずいぶんとおとなしく感じられる。和泉式部には、「黒髪の　みだれも知らず　うちふせば　まづかきやりし　人ぞこひしき」（黒髪が乱れているのにも気づかず伏していると、そっとあなたが私の髪をかきなでてくださったことが恋しく思われます）のように、もっと官能的な歌がたくさんあるのだ。

右記の歌は、為尊親王に続いて早世してしまった弟の敦道親王を悼《いた》んで詠んだものだ。彼女らしい色っぽさがよく出た歌だといわれる。そういった歌からこの「あらざらむ」が選ばれたのは、過激な歌を詠んだ式部以降に並ぶ、そうそうたる平安女性歌人らの風雅な歌とバランスをとるための、定家《ていか》の配慮だったのかもしれない。

第56首 和泉式部

雑 第57首

めぐり逢《あ》ひて　見《み》しやそれとも　わかぬまに
雲《くも》がくれにし　夜半《よは》の月《つき》かな

紫《むらさき》 式部《しきぶ》

〔久しぶりにあったけれど、見分けもつかないうちに、雲隠れした真夜中の月のように、たちまちその人は去ってしまったことだなぁ。〕

千年の時を経てなおも輝き続ける『源氏物語』の作者

『源氏物語』の作者としてあまりに有名だが、生没年は不詳だ。九七〇年代に生まれ、一〇一四年あたりに亡くなったのではないか、ということくらいしかわからない。父は漢学者で越後守だった藤原為時《ふじわらのためとき》で、第二十七首の作者・藤原兼輔《ふじわらのかねすけ》（94ページ）は曾祖父《そうそふ》にあたる。

彼女は二十五歳ぐらいで結婚したが、これは当時にしてはかなり遅い。しかし娘を産んでしばらくのち、夫と死別してしまう。この娘というのが、次に登場する才色兼備の歌人、大弐三位《だいにのさんみ》（176ページ）だ。寡婦となった紫式部――（この呼び名は『源氏物語』の登場人物「紫の上」からきているとされ、このとき彼女はまだそう呼ばれてはいなかったが）がつらつらと書いた小説『源氏物語』によって、彼女のサクセスストーリーが始まったのだった。

『源氏物語』のうわさが、当時の政界のナンバーワン実力者、藤原道長《ふじわらのみちなが》の聞きおよぶところとなった。幼いころから漢詩文に慣れ親しみ、きわだった才知を備えていた紫式部は、道長に認められ、中宮彰子《ちゅうぐうしょうし》の女房として宮廷に出仕することになった。なお、彼女は道長の恋人のひとりだったともいわれている。

紫式部が宮中で働いていたころは、平安王朝の最も華やかなりし時代だったといえる。政治的な思惑、男女関係のあれこれなど、さぞかし複雑に入り乱れ、ストレスもたまったことだろう。

彼女は後年、そんな日常の出来事や世相への素直な感想を、独特の観点や批評をまじえてつづった。のちに『紫式部日記』として世に知られるものだ。当時脚光を浴びていた人物、鼻につく女房、いい寄ってきたモテ男などなどを、一刀両断にしているあたり、宮仕え当時に相当含むところがあったのだろうか？

文学的素養は、多くの女友達との交流で育んだ？

そんな彼女が詠《よ》んだ第五十七首は、単独で読むと、まるで恋の歌のようだ。だがじつは、これは女友達を思って詠んだ歌。出典の『新古今集』には、「はやくよりわらはともだちにて侍《はべ》りける人の、年ごろへてゆきあひたる、ほのかにて、七月十日のころ、月にきほひてかへり侍りければ」（子ども時代親しかった友達が訪ねてくれて、とても久しぶりに会ったが、七月十日、夜半に沈む月のように早々と帰ってしまったので）という詞書《ことばがき》とともに出ている。

この「友達」は女友達で、夜半に沈む月のように早々と帰ってしまったらしい。つもる話もまだまだあったのに、あまりにつかの間の語らいだったわと、旧友との別れを心から惜しんで詠んだ一首だ。

彼女には、若いころ多くの女友達がいた。なみいる才女がしのぎを削る宮中でさかしく立ち回り、さらに日記では同性の悪口も書きまくっていたこの女房、女友だちなんていたのかね、とあなどってはいけない。小説のなかの女君を情感豊かに、かつ克明に書き分けているところなど、同性との交流が盛んだったからと思えば納得がいく。家集である『紫式部集』には、「その友達は遠くへ行ってしまうということで、秋の夜更けに別れを告げにきました。彼女と別れなければならないのは、ほんとうに悲しい」とある。小説の大家である紫式部も、女同士だからこそ盛り上がるおしゃべり、今でいうガールズトークに、花を咲かせたのだろうか。

第57首 紫式部

古典文学最高傑作の作者は、慎み深いインテリ女性

紫《むらさき》式《しき》部《ぶ》

（九七〇?〜一〇一四?年）

紫式部が幼少から利発だったことをうかがわせるエピソードがある。漢学者の父が、式部の弟に漢籍（中国の書物）を教えていると、横で聞いていた彼女のほうが早く覚えてしまったので、父は「この子が男の子だったらなあ」と残念がったという話だ。当時は女が漢籍を読むなど、ふさわしくないとされていた。

彼女はよく内向的だと評される。漢籍を難なく読みこなす才

識をもちながら、それを誇示するのではなく、努めて自身の才を隠そうとした。彼女は、恐ろしく鋭い観察力と洞察力で周囲を観察・分析していた。さらにそれを的確に描写する文才があった。代表作『源氏物語』や『紫式部日記』ではその実力がいかんなく発揮されている。

王朝を舞台にくり広げられた小説『源氏物語』は、日本古典文学の最高峰と称され、その巧みな心理描写やストーリー展開が、今もなお読む者をひきつけて離さない。『紫式部日記』では、周囲の自分に対する評価も克明につづっている。幼少の漢籍に関するエピソードも、じつは同作品で本人が書いたものなのだ。創作活動は、表ではひかえめだった紫式部が、アクティブに、そしてアグレッシブに思いのたけを開放できる、自分だけの世界だったのかもしれない。

恋
第58首

有馬山《ありまやま》　ゐなのささ原《はら》　風吹《かぜふ》けば　いでそよ人《ひと》を　忘《わす》れやはする

〈有馬山から猪名《いな》の笹原に風が吹くので、笹の葉がそよそよと鳴る。そう、そのように、私はあなたを忘れたりしません。〉

大弐三位《だいにのさんみ》

母・紫式部の才気をゆずり受けた才女

本名は藤原賢子《ふじわらのかたこ》。母は、かの有名な紫式部《むらさきしきぶ》（174ページ）だ。父とは二、三歳で死別、母とともに彰子《しょうし》皇太后に仕えたが、母とも死に別れ、若くして孤独な身の上となった。女の業がうず巻く宮廷を生きるのは、さぞかし骨が折れただろう。

しかし彼女は、美貌《びぼう》と母親ゆずりの才気、そして底知れぬバイタリティでもって、貴公子と恋を楽しみ、仕事も認められてステップアップしていった。「恋も仕事も一所懸命！」を地で行く、デキる女だったのだ。そして大宰府《だざいふ》の長官、高階成章《たかしなのなりあきら》との幸せな結婚まで手に入れ、玉の輿に乗ったのだった。

彼女がうしろだてなき後も宮廷で花道を歩くことができたのは、母・紫式部の存在が大きい。『源氏物語』が宮廷で読まれ始め、爆発的な人気を生んだため、若い賢子も一目置かれるようになったのだろう。

さて、第五十八首は音沙汰のない男にしびれを切らし、文句をいったという設定。すると男が「君のほうが心変わりしたかと思って」といい訳がましいことをいったため、彼女はこの歌を返した。自分の気持ちと、相手への批判を美しく詠んでいる。

男を批判しながらも、さわやかな一首

この歌の主軸は「人を忘れやはする」（あなたを忘れるわけないでしょ）だが、上の句の序詞《じょことば》から笹のそよぐ音がイメージされ、「いでそよ」へと流れるようにつながっている。山から吹きおろす風が寂しい笹原をなで、そよそよと音を立てている情景が浮かぶ。風は男の物言いを、揺れる笹は女の気持を表わしているともいう。

温泉地として名高い兵庫県神戸市・有馬の有馬山《ありまやま》と、やはり兵庫県の猪名川《いながわ》周辺の猪名（昔は笹原だった）が歌枕になっている。有馬山と猪名はかなり距離があるが、『万葉集』の「しなが鳥　猪名野を来れば　有間山　夕霧立ちぬ　宿りはなくて」（猪名野にやってくると、有間山に夕霧がたちこめていた。今夜の宿がないままに）のように、古くから一緒に詠まれてきたペア歌枕なのである。

恋 第59首

やすらはで　寝《ね》なましものを　小夜更《さよふ》けて
かたぶくまでの　月《つき》を見《み》しかな

〔いらっしゃらないと知っていたら、ためらわず寝てしまったのに。待っていたら夜が更けて、西の空に傾く月を見たことです。〕

赤染衛門《あかぞめえもん》

妻、母、そして歌人として模範的だった女性

作者の赤染衛門は、一条天皇の后・中宮彰子《ちゅうぐうしょうし》に仕えていた。彰子にはほかに紫《むらさき》式部《しきぶ》、和泉式部《いずみしきぶ》、伊勢大輔《いせのたいふ》など当代きっての才媛が仕えており、このような女房らが、道長一門を盛り立てるサポーター役を担っていた。

母親は、第四十首の平兼盛《たいらのかねもり》（124ページ）の妻だったが、赤染時用《あかぞめのときもち》と再婚したため、赤染衛門は時用の娘ということになっている。母親は再婚時にすでに赤染衛門を身ごもっていたらしく、兼盛も「その子は自分の子のはずだから引き取りたい」と申し出たのだが、時用は時用で「自分は、ずっと前から彼女と付き合ってい

たのだ。だから自分の子だ」とゆずらなかったそうだ。平安時代のこと、本当の父親がどちらか証明する手立てもなく、兼盛は仕方なく引き下がったということだ。

父・赤染時用が衛門尉《えもんのじょう》だったため、赤染衛門と呼ばれていた。初めに道長の妻、倫子《りんし》に仕えていた縁から、彰子にも仕えるようになった。人間的に優れた人物だったと見え、その人柄がよくほめられている。

歌は若いころからとても巧みで、かの紫式部も、『紫式部日記』で赤染衛門のことを「歌人ぶったところがなく、歌に風格があって、こちらが恥ずかしくなるほど、どれも立派だ」などと絶賛している。

歌才だけでなく、彼女は良妻賢母としても名高い。学者の大江匡衡《おおえのまさひら》と結婚し、内助の功に努めたという。子への愛をつづった歌も残っている。仕事は認められ、歌人としても優れ、妻としても母としても模範的だったなんて、女性の鏡ともいえる生きざまだったのではないだろうか。

優しく男への恨み事をいう、コケティッシュな歌

第五十九首に関して、『後拾遺集』の詞書《ことばがき》には、「中関白、少将に侍《はべ》りけるとき、はらからなる人に物いひわたり侍りけり。たのめてまうでござりけるつとめて、女にかはりて詠《よ》める」とある。中関白とは、藤原兼家《ふじわらのかねいえ》の長男、道隆《みちたか》のことだ。

道隆がまだ若く少将だったころ、「はらからなる人」、つまり作者の姉妹と付き合っていたのだが、かならず行くからというので待っていたのに、待ちぼうけを食わされたため、その姉妹の代わりに詠んだ一首というわけだ。

道隆は第五十四首の儀同三司母《ぎどうさんしのはは》（160ページ）の夫であったが、かなりのプレイボーイでもあり、この赤染衛門の姉妹も道隆の恋人のうちのひとりだったのだろう。彼が少将の時代は九七四年から九七七年の間で、二十二歳から二十五歳あたりだ。赤染衛門がこのころ二十歳前くらいだったそうだから、姉妹のほうも十代後半あたりか。

来るという男の言葉をたのみに待ち明かしたが、男はついに来なかった。この歌は、約束をすっぽかした男への恨み事をつらつらと詠んでいるのだが、強く責めているわけではない。失望、嘆き、なかばあきらめの気持ちも含みながら、月にことよせて優しげに詠んでいる。

まんじりともせず、ただ月をながめている女。月は無情にも、西へ西へと傾いていく。そして、もう今日は来ないのだという悲しい確信に達した女は、月に向かって深い吐息をもらす……そんな情景がイメージされる。

この結果がどうなったのかは、残念ながらわからない。

第59首 赤染衛門

雑 第60首

大江山《おほえやま》 いくのの道《みち》の 遠《とほ》ければ まだふみも見《み》ず 天《あま》の橋立《はしだて》

〔大江山を越え、生野を通っている道が遠いので、天の橋立のその地を踏んだこともないし、母からの手紙なんて見ていません。〕

小式部内侍《こしきぶのないし》

宮廷の人気者にふってわいた、歌の代作疑惑

第五十八首の大弐三位《だいにのさんみ》（176ページ）と同様、小式部内侍の母親も宮廷の有名人で、天賦の歌才をもった恋多き女、和泉式部《いずみしきぶ》（166ページ）。初めの夫である橘道貞《たちばなのみちさだ》との間にもうけた一粒種が彼女だった。恋人たちに先立たれた母・式部は、ときの権力者、藤原道長《ふじわらのみちなが》の招きで娘とともに中宮彰子《ちゅうぐうしょうし》に仕えることになった。まだ十代前半だった彼女は、母に対して小式部と呼ばれた。

歌が上手だった母式部に似て、知性にあふれ、輝くばかりに若くかわいらしい小式部は、宮廷の男たちの注目を集めた。そんな人気者ぶりをおもしろくないと思う

手合いもいたのだろう、「小式部の歌はみんな母親がつくっている」といううわさが流れるようになってしまった。根も葉もないデマを広める人間というのは、いつの時代にもいるものだ。じつは、その代作疑惑をすっきりと晴らしたのがこの歌だ。

即妙な返しで、ぶしつけな嫌味をぶった切る

母・式部が、夫（再婚した藤原保昌《ふじわらのやすまさ》）の任地である丹後に下っていたとき、都で歌合《うたあわせ》が行なわれることになり、小式部も歌人として選ばれていた。そこに、ある男が来て意地悪をいうのだ。

「歌はできた？　母上につくってもらえたの？　丹後へ送った使いの者はまだ母上からの手紙をもって来ないみたいだね。さあ、困った困った」といって立ち去ろうとする。何て嫌味なやつだろう。これは第六十四首の藤原定頼《ふじわらのさだより》（192ページ）のことで、大弐三位と恋仲でもあった、なかなかのモテ男らしい。

そこを小式部、「お待ちください」と引き止めた。そして、この歌を詠んだというわけ。ゆかりの名所を盛りこみ、「踏み」と「文」、「行く」と「生野」をかけての見事な返し、これぞ当意即妙、才気煥発。母のいる遠い丹後へ思いをはせる、強い気持ちを感じさせる。定頼は返歌もできず、しっぽを巻いて退去したというから、ぐうの音も出ないとはまさにこのことだ。

春 第61首

いにしへの 奈良《なら》の都《みやこ》の 八重《やへ》ざくら
今日《けふ》九重《ここのへ》に 匂《にほ》ひぬるかな

〔その昔に栄えた奈良の古都で咲き誇り、匂《にお》い立っていたであろう八重桜。それが今日はこの宮中で、盛大に咲きこぼれていることよ。〕

伊勢大輔《いせのたいふ》

歌人の家系に育ち、栄華を極める中宮彰子《ちゅうぐうしょうし》に出任

平安王朝が隆盛を極めて輝いていた十世紀末〜十一世紀初めの一条天皇の御世。作者は、その一条帝からたいそう寵愛《ちょうあい》を受けた中宮彰子《ちゅうぐうしょうし》に仕えていた。女房としてもひときわ名誉なことであったに違いない。

彼女は代々歌人の家柄に生まれ、三十六歌仙のひとり、第四十九首の大中臣能宣《おおなかとみのよしのぶ》（148ページ）を祖父に、中古三十六歌仙のひとりである輔親《すけちか》を父にもつ。父・輔親が伊勢神宮の祭主だったからか、伊勢大輔と呼ばれていた。卓越した歌人を輩出する大中臣家の娘として、彼女の出任は注目を集めたようだ。

プレッシャーをはね返し、結果を出した期待の新人

出仕してまだ間もないある日のこと、若い彼女に思いがけない大役が回ってきた。奈良の僧都から八重桜が献上されたのだ。同じく彰子に仕えていた先輩女房の紫《むらさき》式部《しきぶ》（174ページ）は、桜の受け取り役を初々しい伊勢大輔にゆずった。「ここはフレッシュなあなたがぜひ」といったところだろうか。そこで「では、せっかくだから受け取るときに歌を詠《よ》みなさい」と命じたのが、中宮彰子の父親にしてときの権力者、藤原道長《ふじわらのみちなが》で、そのときできたのがこの歌だ。

どれほどのプレッシャーだったことだろう。この若き才媛は、いったいどんな歌を披露するのか――同席者らが期待と関心いっぱいに注目するなか、彼女はこの歌を朗々と、また堂々と歌いあげたのであった。「いにしへ」と「今日」、「八重ざくら」と「九重」（宮中）を対比させ、桜の美しさを讃えながら、皇室、道長一門の繁栄も讃えており、響きも耳に心地よく美しい。歌を聞いた人々は感嘆、興奮し、その場はちょっとした騒ぎとなったようだ。おそらく固唾《かたず》をのんで見守っていたであろう彰子は、彼女の歌に感激し、思わず返歌を詠んだ。「九重に　にほふを見れば　桜狩　重ねてきたる　春かとぞ思ふ」（宮中に桜が咲き匂って、お花見のよう。春が二回来たみたい）。新参女房の大健闘を、心からうれしく思ったのだ。

雑 第62首

夜《よ》をこめて　鳥《とり》のそら音《ね》は　はかるとも　よに逢坂《あふさか》の　関《せき》はゆるさじ

（夜の明けないうちに、鶏《にわとり》の鳴きマネをして、函谷関《かんこくかん》はだませたとしても、逢坂の関はそうはいきません。私はけっして逢いませんよ。）

清少納言《せいしょうなごん》

『枕草子』で自分の知識や手柄話をはばからず披露

清少納言は、宮廷生活の記録、自然や人物の批評などを幅広く書きつづった随筆『枕草子』の作者として有名だ。同作で、自分の機知が周囲の人を感嘆させた話や、中宮定子《ちゅうぐうていし》にほめられた話、大の男と丁々発止のやりとりをして見事やりこめた話などを、じつに楽しげに披露している。この歌も清少納言と藤原行成《ふじわらのゆきなり》、ふたりの教養人のハイレベルな社交的応酬だ。行成は、第五十首の作者・藤原義孝《ふじわらのよしたか》（150ページ）の息子で、名筆で知られる多芸多才の文化人。そんな彼女に対して紫式部《むらさきしきぶ》は、『紫式部日記』で、才気をひけらかしすぎであると痛烈に批判している。

清少納言は中宮定子に真心を込めてつくし、厚い信頼を得ていた。定子が父・道《みち》隆《たか》亡き後、若くして没してしまうと、清少納言は宮仕えを辞し、不遇のうちに一生を終えたといわれている。

教養のある女は、知性をもって誘いをかわす

ある夜、清少納言は行成と遅くまで話しこんでいた。すると行成が、宮中の物忌み（縁起をかつぐ行事）があるからと途中で帰った。翌朝、「昨夜は鶏の声がせきたてるから帰りましたが、本当はもっとお話ししていたかった」と行成が手紙を届けたところ、彼女はすぐに『史記』の故事を引き合いに出してこう返した。

「鶏の声？　函谷関を鶏の鳴きまねで開けさせたっていう、斉の王族孟嘗君《もうしょうくん》の話にあるあれ？」

打てば響くような彼女の才知に行成はうれしくなってしまい、ついつい「あれは確かに函谷関の関所の話ですがね、私たちの場合、関は関でも逢坂の関なのですよ」と、男女の逢坂と逢瀬を掛けて返してしまった。つい調子に乗ってしまったのだろうが、清少納言は表題の歌できっぱり答えるのだ。「そんなことといってもダメ。私の関所はガードがとっても固いのですよ」と。さらにこの歌の後に一行添えて、「心かしこき関守はべり」（しっかりした関守がいますからね）とクギまでさしている。

『枕草子』でおなじみ、天真爛漫な魅力を放つ才女

清少納言《せいしょうなごん》

（生没年不詳）

紫式部《むらさきしきぶ》と並べて取り挙げられることが多い清少納言。式部同様、清少納言もまた非常に漢学の知識が深かった。

清少納言が仕えた中宮定子《ちゅうぐうていし》も優れて教養の高い人で、彼女の才覚を高く買っていた。ある雪の日のできごと。「少納言、香《こう》炉峰《ろほう》（中国にある山の名前）の雪はどんなようすかしら」と水を向けられて、清少納言は即座に御簾《みす》をあげて見せた。その機転のよさに、定子はいたく感じ入ったという。なぜならそれは、

白居易《はくきょい》の「香炉峰の雪は簾を上げて見る」という詩を知っての見事な返しだったからだ。

ただ清少納言の場合、式部とは逆にその才を包み隠さず披露した。天皇や殿上人らと、中国の故事などのネタを織り込んだウィットに富む会話や歌のやりとりを楽しんだようすが、代表作『枕草子』から見てとれる。

『枕草子』に表われる彼女の人柄は、明るく屈託がない。「着飾った子ども、雛《ひよこ》が歩く姿、小さなものって本当にかわいい！」「こっそりやってきて、みんなが寝静まるまで部屋に隠しておいた恋人がいびきをかくなんて最悪！」「めったにないものは、姑に好かれる嫁」……。〔冗談、恋の話、四季の移ろいなど、軽妙なタッチで書きつらねられたエッセイは、千年前のものとは思えないほど親しみやすく、わかりやすい。

恋 第63首

今《いま》はただ　思《おも》ひ絶《た》えなむ　とばかりを　人《ひと》づてならで　いふよしもがな

今は、せめてあなたへの恋心は断ち切りますということだけでも、人づてでなく、逢《あ》って直接伝えるすべがほしい。

左京大夫道雅《さきょうのだいぶみちまさ》

前斎宮《ぜんさいぐう》への許されぬ恋、引き裂かれるふたり

藤原道雅《ふじわらのみちまさ》は、関白道隆《みちたか》を祖父に、内大臣伊周《これちか》を父にもつ中の関白家の嫡男だったが、父、伊周の失脚により（このとき道雅はわずか五歳）出世の道がなくなった。二十六歳ごろ、道雅は許されない恋をする。相手は、神に仕える斎宮としての役目を終えて、伊勢から帰京したばかりの当子内親王《とうしないしんのう》。三条院の一の宮（第一皇女）で、このとき十六歳、それはそれはかわいがられていた。道雅はこのまぶしいばかりの姫君と、どういうわけか恋仲になり、人目を忍んで通うようになっていた。

斎宮任務を終えたとはいえ、彼女は神に身をささげた、清く崇高な存在だ。三条

院が溺愛《できあい》するこの姫君に、あまつさえ手を出したなどと世間に知れては、自分の身が危うい。道雅はおびえながらも内親王への愛をおさえられず、誰にもさとられないよう密会を続けたが、とうとうふたりの関係は院の知るところとなる。

激怒した院は、彼らの間を引き裂くべく、内親王に監視をつけた。こうしてふたりは、二度と今生で逢うことができなくなったのだった。それればかりか、道雅は院から勘当されて中将も罷免となり、右京権大夫への左遷を食らう。内親王は思い悩んで、出家してしまう。何ともはや、悲しくつらい運命だろう。

もう二度と逢えない……ただただ無念な恋の末路

ここまでの背景を知って読むとき、彼の歌には、ひときわ哀愁が漂う。まさに、ふたりの逢瀬が断絶し、絶望の淵に沈んでいたそのときに、道雅が内親王に贈った歌。自分のせいで苦しんでいるに違いない内親王を不憫《ふびん》に思い、「もうあなたへの思いを断ち切ります」と告げた、おそらく最後となろうメッセージだ。それをいうために逢うことすらもできない、もどかしいわが身。

無念ばかり残る、切なすぎる悲恋の歌だ。歌人ではないふつうの男だった道雅が、かくも人の心を打つ歌を残した。許されなかった恋への絶望が、彼を歌聖にしたのだろう。

冬
第64首

朝《あさ》ぼらけ　宇《う》治《ぢ》の川霧《かはぎり》　絶《た》えだえに
あらはれ渡《わた》る　瀬々《せぜ》の網代木《あじろぎ》

権中納言定頼《ごんちゅうなごんさだより》

〔夜が明けていくころ、川をおおっていた霧がとぎれとぎれに晴れて、そのすき間に網代木が見えるようになってきたことだよ。〕

嫌味な奴か優しい恋人か？　とにかく歌は一流

この人はたいそうな歌上手だ。その歌才は、和歌の大家と評された父、第五十五首の藤原公任《ふじわらのきんとう》（162ページ）も認めるところだった。定頼がほんの少年だったころ、一条天皇の大堰川行幸《おおいがわみゆき》ですばらしい紅葉の歌を詠《よ》み、周りをうならせたことがあった。心配していた父・公任は、息子の大健闘に鼻高々だったという。

さて、このように年少のころから才気を見せていた定頼であるが、第六十首にある、「大江山」の歌にまつわる小式部内侍《こしきぶのないし》とのエピソード（182ページ）も有名だ。「ママにつくってもらった歌はまだ？」と嫌がらせをいって、逆に負かされてしまったあの一幕。少々おふざけがすぎる、軽い男との心証も与える。

もっとも、この逸話にはいろんな尾ひれがあって、「じつは定頼は小式部が好きで、ついついちょっかいを出した」やら、「じつはふたりはデキていて、小式部の代作疑惑を晴らすために定頼が一芝居うってあげた」やら、いわれ放題なのだ。

『源氏』の世界へいざなう最高の歌枕・宇治

表題の歌は、代表中の代表ともいえる歌枕《うたまくら》・宇治の情景美を、霧の浮遊感よろしくムーディーに詠みあげた佳作だ。主観や技巧的な修辞はいっさい入っていないので、とくに解釈をくわえるにおよばず、そのまま文字どおりの意味になる。

「網代木」は聞き慣れない言葉かも知れないが、アユの稚魚《ちぎょ》を捕るための網代という仕掛けを固定するために、川の浅瀬に打った杭《くい》のことだ。網代は冬の宇治川の風物詩で、季語としても使われる。明け方の静寂のなか、少しずつ晴れていく霧の合間に網代木が見え隠れするのを、定頼は歌人の目でじっと見つめた。

宇治は当時の高級貴族の別荘地であり、『源氏物語』の「宇治十帖《うじじゅうじょう》」（光源氏《ひかるげんじ》没後の物語）の舞台にもなったところで、貴族たちにとって特別な場所だった。定頼もまた、訪れた宇治の地で、おそらくは読んでいたであろう『源氏物語』の世界に思いをはせていたのだろうか。

恋 第65首

うらみ侘《わ》び　ほさぬ袖《そで》だに　あるものを
恋《こひ》に朽《く》ちなむ　名《な》こそ惜《を》しけれ

相模《さがみ》

〔つれないあの人を恨んで嘆き、涙に乾くひまもなく袖《そで》が朽《く》ちることさえ惜しいのに、さらに浮き名で朽ちる私の名が惜しまれることだ。〕

お金持ちのお嬢様は数々の恋愛を通して成長

相模は十世紀末から十一世紀半ばごろを生きた人らしい。紫式部《むらさきしきぶ》（174ページ）や清少納言《せいしょうなごん》（188ページ）らの才女が宮廷の文壇で活躍していたころ、彼女はまだいたいけな童女だったはずだ。父は、くわしくは不明ながらも、一説に平安中期の武将、源頼光という。頼光は藤原家に臣従し、政界にも顔がきいたらしく、相当な財力があった。相模も、何不自由ないお嬢様として育ったことだろう。

一条天皇皇女・脩子内親王《しゅうしないしんのう》に宮仕えするようになった相模は、しだいに歌人としての頭角を現わし始める。彼女は幼名を乙侍従《おとじじゅう》といったが、相模守大江公資《さがみのかみおおえのきんより》と結婚したため、相模という女房名で呼ばれるようになった。結婚生活はのちに破たんしたが、その後何かと男性遍歴を重ねたという。たとえば第六十四首の藤原定頼《ふじわらのさだより》（192ページ）は、しつこく彼女を口説いていたようだ。

五十代半ばで詠《よ》んだ、美しい男女のロマンス

幼く無邪気だったお嬢様は、宮仕え、結婚、離婚、そして数々の恋を経験して、大人の色香が漂う恋歌を詠《よ》むまでに老成した。男女のロマンスというのは、加齢すら忘れるほど底知れぬパワーをもたらすものなのであろうか。

一〇五一年の内裏歌合《だいりうたあわせ》でこの歌を披露したとき、相模はすでに五十代半ばだったはずなのだ。しかしこれは歌合のためにつくった一首なので、実際の恋の歌ではない。それにしても、ドキッとするようななまめかしさではないか。

ところでこの歌合、相模の歌は右近少将　源　経俊《うこんしょうしょうみなもとのつねとし》の「下もゆる　歎きをだにも知らせばや　焼火《たくひ》の神の　しるしばかりに（人知れぬ嘆きを知らせたい、焼火の神に祈る効験として）」と対決し、軍配は相模にあがっている。恋の浮き名が流れて落ちぶれるなんて、情けないなあ……などと歌には詠んでいるものの、相模その人は、あの恋この恋、恋の浮き名や恋の歌で立派に名をあげた。そこに至るまでに、本当に涙で袖を濡らした夜を、幾度も経験したことだろう。

雑
第66首

もろともに　あはれと思《おも》へ　山《やま》ざくら　花《はな》よりほかに　知《し》る人《ひと》もなし

大僧正行尊《だいそうじょうぎょうそん》

〔山桜よ、私とともにおたがいを懐かしく思いあってくれ。孤独な私には、お前以外に気持ちをわかってくれる人はいないんだ。〕

修験道の聖地・大峰山で苦行した孤高の高僧

行尊はとても孤独で、しかしその内側に熱い思いをたぎらせていた高僧であった。三条天皇《さんじょうてんのう》の皇子・小一条院敦明親王《こいちじょういんあつあきらしんのう》の息子が、行尊の父・源基平《みなもとのもとひら》だ。つまり彼は、三条天皇《さんじょうてんのう》の曾孫《そうそん》にあたる。

父と十歳で死に別れ、十二歳で近江の園城寺《おんじょうじ》に入り、出家する。十七歳まで寺で修行を積み、その後修験道を志して諸国を回った。

修験道は、山岳信仰を基盤に、山へ入って厳しい修行を行なうもの。苦行のすえに体得した呪力によって、加持祈禱を行なうというものだ。もともとは、仏教が伝来する以前にもたらされていた密教的信仰や陰陽道が、日本古来の民俗宗教と融合し、修験道として確立されたと推測されている。

修験道の中心道場としては、出羽三山《でわさんざん》、四国の石鎚山《いしづちさん》、九州の英彦山《ひこさん》、紀伊半島の熊野・大峰・金峯山《きんぷせん》などが知られているが、吉野の主峰である大峰山は、山伏修行の行場としてとりわけ名高い。修験道の聖地ともいわれ、今もなお女人禁制。そこでの修行は、それはそれは厳しいものだという。

大峰に入り、下界といっさい関わりを断って、孤独のなか死にもの狂いで修行に励んだ行尊の験力は、きっと優れたものだったのだろう。彼は山伏修験者としてほまれ高く、加持祈祷によって天皇をお守りする護持僧としても、白河天皇《しらかわてんのう》、鳥羽天皇《とばてんのう》、崇徳天皇《すとくてんのう》の三代にわたって清涼殿につとめた。のちには、延暦寺の座主大僧正となっている。そんな行尊が、修行のため入山した大峰山で詠《よ》んだ一首がこの歌だった。

山桜のけなげな姿に自分の心境を重ね合わせる

この歌は『金葉集』の詞書《ことばがき》に「大峰にておもひもかけずさくらのはなを見て詠《よ》める」とある。「おもひもかけず」桜に出会った感動を、その桜に「おたがいに孤独な身だな、一緒に懐かしみあおう」と、語りかけるように詠んだのだ。

「知る人もなし」の「知る人」とは、自分の心境を共有できる人、という意味だ。「あはれと思へ」と熱く桜に語りかけるくだりが、じつに心にしみじみと美しく響く。

詞書に「おもひがけず」とあるのは、都ではとうに終わった桜が、大峰山深くでは美しく咲き誇っているのを発見した驚きからであろう、と解釈するのが一般的だ。だが家集の『行尊大僧正集』には、衣がえ（＝四月一日）以前の歌であることが記されている。「京には衣がへも近くなるらむと思ひしほどに、雪のみ高くなり侍《はべ》りしかば」とあるのだ。三月であれば、桜が咲いていても不思議ではない。いったいどちらが正しいのだろう。

推測にしかすぎないが、行尊は三月終わりごろに入山して、緑の多い木々のなかで思いがけず山桜を発見し、山の荒々しい風に吹き折れても、けなげに花をつけていたその姿に感動して、その愛おしい気持ちを詠んだものとも考えられるのではないだろうか。

誰の目にも触れず、めでられることもなく、風に吹きつけられながらも、山深くにひっそりと、凛と咲く山桜。時期をいずれに解釈するにしても、行尊がそんな山桜の姿に、限りない孤独に耐え、心身を苦しめながら修行を続けている自分自身と通じるものを見出したことだけは確かだろう。

第66首 大僧正行尊

雑 第67首

春《はる》の夜《よ》の　夢《ゆめ》ばかりなる　手枕《たまくら》に
かひなくたたむ　名《な》こそ惜《を》しけれ

周防内侍《すおうのないし》

春の夜の夢のようにはかない手枕のために、つまらない浮き名が立ってしまうのは、なんとも残念なことですよ。

四代の天皇に出仕を求められたベテラン女房

当時一流歌人の呼び声高かった周防内侍は、後冷泉天皇《ごれいぜいてんのう》の代に女房として出仕を始めた。後冷泉崩御と同時に退官したのだが、次の後三条天皇《ごさんじょうてんのう》即位ののち、再出仕を求められて復職する。その後、白河天皇《しらかわてんのう》、堀河天皇《ほりかわてんのう》と、四代の長きにわたって天皇に仕えることになったところから、人望が厚かったことがうかがえる。

十一世紀末〜十二世紀初めごろの人らしいが、ほかの女流歌人らと同様、生没年に関してくわしくはわからない。周防守・平棟仲《たいらのむねなか》の娘で、本名を仲子《なかこ》といった。父の肩書きをとって、周防内侍と呼ばれたのであろう。

「高陽院歌合《かやのいんうたあわせ》」「中宮権大夫能実歌合《ちゅうぐうごんだいぶよしざねうたあわせ》」など、ひんぱんに歌合《うたあわせ》に参加していたことから、歌の才が高く評価されていたことがうかがえる。女房三十六歌仙のひとりであり、『後拾遺集』はじめ、以降の勅撰集に三十五首が採用されている。晩年は病気のために出家し、長寿をまっとうしたようだ。

この歌には妙になまめかしさが漂う。『千載集』には、「二月ばかり、月のあかき夜、二条院にて人々あまた居明かして物語などし侍《はべ》りけるに、内侍周防、寄り臥《ふ》して〝枕をがな〟としのびやかにいふを聞きて、大納言忠家《だいなごんただいえ》、〝是《これ》を枕に〟とて、かひなを御簾《みす》の下よりさし入れて侍りければ、よみ侍りける」と記されている。

きわどい挑発を色っぽくかわす、これぞ大人の応酬

二月の月の明るい夜のこと。二月は旧暦で今でいう春のなかごろだ。二条院で多くの人が集まって一晩じゅう語り合っていた。周防内侍が、眠気を覚えたのか、何かに寄りかかって横になろうとしながら、ふと「枕がほしいな……」とつぶやいた。そのとき、「これを枕にどうぞ」と、御簾の下から手が伸びてきたのだ。「おやまあ！」と思った周防内侍が即妙に詠《よ》んだのが、この歌だったというわけ。

「かひなく」には、「甲斐なく」と、腕を意味する「かひな」がかけられ、技巧的だ。「春の夜」「夢」「手枕」と連なる縁語も、甘美なオーラをまとっている。

この思いきった行動に出たのは、大納言の藤原忠家という男だ。春の明るい月夜の華やかな雰囲気に刺激を受けたのだろうか、それにしてもずいぶんと大胆なことだ。手枕とは腕を枕にすることで、今の感覚でいうと腕枕のほうがしっくりくる。男女が寝る際は、手枕を交わすというならわしがあったため、ここで手枕をもち出すのは、つまりそのような関係を匂《にお》わせているということになる。じつにきわどいではないか。

当時の宮廷では、こんな色っぽいやりとりが日常的に行なわれていたようである。賢く気のきいた女官は、周防内侍のようにさらりと、でも大人の色香は失うことなく、機知に富んだ歌にのせてこたえてみせたのだ。男たちもまた、そんな大人のかけ合いをおおいに楽しんでいた。

人目のある場なので「不愉快だわ」と思ったとしても、そこは空気を読んでうまく収拾するのが、女官としてのたしなみだったのかもしれない。軽くいなされてしまった忠家は、「契りありて　春の夜ふかき　手枕を　いかがかひなき　夢になすべき」（深い縁あってあなたに差し出す手枕を、夢に終わらせるものですか）と返した。

周防内侍と忠家が特別な仲だったのかどうかは知るべくもないが、こんなギリギリのおふざけに色っぽくこたえてやっているのだから、彼女のほうも憎からず思っていたのかも、と想像をめぐらせてみるのもおもしろい。

第67首 周防内侍

雑
第68首

心《こころ》にも　あらで憂《う》き世《よ》に　ながらへば
恋《こひ》しかるべき　夜半《よは》の月《つき》かな

三条院《さんじょういん》

これから先、本心とは裏腹につらいこの世に生き長らえたなら、きっと恋しく思うだろう、今夜の月だよ。

目が見えなくなる……不遇の人生をはかなんだ天子

今まで当たり前に見ていた世界が、日が経つにつれ見えなくなっていることを知ったら――？　おそらく喪失感にさいなまれ、とても正常ではいられないだろう。

詠《よ》み手である三条院は、天皇にまでなりながら、生涯とおして不遇の人だった。

九七六年に生まれ、十一歳で皇太子となったが、皇位についたのは三十六歳のとき。当時政界で最大の実権を握っていた藤原道長《ふじわらのみちなが》と、何かと対立していたのだが、この確執は三条帝の東宮時代からのものだった。

不幸にも彼は目に重い病気を患い、視界を失いつつあった。自分の孫を天皇に立てたいというもくろみを抱いていた道長は、目の病気を理由に、あの手この手で彼に退位をせっついた。たとえばわざと政務のサポートを放棄し、周囲の人間を自分の側に引き寄せて天皇を孤立させるといった、イジメとしか思えない仕打ちだ。さらに彼は、在位中に二度も火事で内裏《だいり》を焼失するという不幸にも見舞われる。

圧迫を受けつづけた三条帝は、道長に白旗をあげるしかなかった。病気の進行もあいまって、精も根もつき果てたのだろう。

一〇一六年、彼は在位わずか五年で道長の孫（後一条天皇《ごいちじょうてんのう》）に位をゆずり、三条院となった。この歌は、退位を決意したときに詠んだものだ。

最期のときまで、この月を思うことはあったのか？

視界が薄れゆくさまは、まさに行くすえの望みや活路がついえてしまうことを象徴するかのよう。失明寸前ではありながら、体調の具合などでまれによく見えるときもあったそうだから、きっとこのときの月は、ことさらに美しく見えたのだろう。

「もし生き長らえたなら……」が現実になることはなく、退位の翌年、三条院は失意のうちに崩御した。道長にはいじめられるわ、内裏は二回も燃えるわ、皇位からは引きずりおろされるわ、あげくの果てに目まで見えなくなるわで、ぼろぼろになってしまった彼の悲しみを思うと、涙なくして読めない歌だ。

秋
第69首

嵐《あらし》ふく 三室《みむろ》の山《やま》の もみぢ葉《ば》は 龍田《たつた》の川《かは》の 錦《にしき》なりけり

能因法師《のういんほうし》

〔嵐で乱舞している三室山の紅葉は、龍田川の川面をおおいつくして、まるで錦の織物のようであるなぁ。〕

歌づくりにのめり込み、オタク化した僧侶

この「嵐ふく」の歌は、歌合《うたあわせ》で詠まれた。作者の能因法師という人は、日夜和歌に情熱を燃やし、歌学研究にいそしんだ。とくに歌枕に執着していたとみえ、『能因歌枕《のういんうたまくら》』という解説書まで残している。歌枕とは、この歌にもある三室山や龍田川のような、歌で引き合いに出される歴史的な地名のことだ。

歌枕オタクだけあって、パワフルに全国を旅して回ったらしい。『能因歌枕』には、いろいろな旅先で詠《よ》んだものが多く見える。彼は多くの逸話を生んだが、「都をば霞とともに　たちしかど　秋風ぞふく　白河の関」（都を春霞がたつころに旅だった

が、もう秋風が吹いている。白河の関では）にまつわる話は有名だ。

　実際は都でつくったこの会心の一首、どうしても〝それらしく〟デビューさせたかった。そこで旅に出たふりをして何日も家にこもり、ごていねいにこんがり日焼けまでして、「東北を旅してきました」といって披露したのだ（白河の関は福島県白河市にあった関所）。披露の準備のための仕込みをしながら、悦に入っていたのだろう。

山の紅葉と川の紅葉、ふたつのイメージが浮かび上がる

「三室の山」は大和国《やまとのくに》生駒郡《いこまぐん》（現在の奈良県）にある山で、「龍田の川」はその近くを流れる川。ともに紅葉の名所として知られる。お家芸の歌枕をふたつも盛り込んで、絵画のような一首となった。さらに、『万葉集』や『古今集』などの、紅葉を詠んだ先行の名歌も、いくつか取り入れていると思われる。

　この歌を凡庸だとする向きもあるが、情景を思い浮かべてみるとよい。まず山の紅葉が嵐に舞い散らされ、ああ散ってしまったと思えば川面にはあざやかな錦織が姿を現わしていた。紅葉の状態が山と川、二段がまえで描写された、じつに計算された構成なのだ。現実には、三室山の紅葉が龍田川の上流から流れてくるのは距離的に無理があるのだが、そんなツッコミは無粋というものだ。

秋 第70首

寂《さび》しさに　宿《やど》を立《た》ち出《い》でて　眺《なが》むれば　いづこも同《おな》じ　秋《あき》の夕暮《ゆふぐれ》

良暹法師《りょうぜんほうし》

〔寂しくて仕方がない、そんなふうに思って家を出てみたが、どこを見渡してもやっぱり同じだ、秋の夕暮れの寂しさは。〕

歌人として尊敬された僧が詠《よ》んだ秋の歌

秋のもの寂しさを詠んだ歌で、秋を題材にした歌のなかではとりわけ有名な一首だ。作者の良暹法師は天台宗の僧侶だったが、詳細がさっぱりわからない。一説には、祇園社《ぎおんしゃ》で別当《べっとう》（仏事をとり行なう立場）として勤めていたことがあるとか、晩年は京都の大原や雲林院《うんりんいん》に住んでいたということだ。

十一世紀初め～半ばの後冷泉天皇《ごれいぜいてんのう》の時代の歌人で、歌合《うたあわせ》にたびたび参加していたようだ。歌人としてリスペクトされていたようで、彼の逸話が歌論書『袋草紙《ふくろぞうし》』に見える。第七十四首の作者・源俊頼《みなもとのとしより》（216ページ）が大原に遠乗りしたとき、

「このあたりは良暹法師が住んでおられたところ。馬乗りのままなんて失礼だ」と馬を降り、同行者らもみな感じ入って馬を降りたという。

秋の寂しさを表現するのに、小道具なぞ必要ナシ？

後世の『新古今集』には、三夕《さんせき》の歌として知られる秋の歌がある。

寂しさは　その色としも　なかりけり　真木立つ山の　秋の夕暮れ　寂蓮

（寂しいのはその色のせいではない。山には青々とした木が茂る、この秋の夕暮れよ）

心なき　身にもあはれは　知られけり　鴫《しぎ》たつ沢の　秋の夕暮れ　西行

（情を解さない私でもしみじみとした趣がわかる、鴫が飛び立つ水辺の、秋の夕暮れよ）

見渡せば　花も紅葉も　なかりけり　浦の苫屋の　秋の夕暮れ　藤原定家

（見渡してみると、花も紅葉もないことだなぁ、海辺の苫ぶき小屋の、秋の夕暮れには）

いずれも無常感あふれ、〝美しい寂しさ〟を詠んでいる。また三句切れで、この歌にもある「秋の夕暮れ」の体言止めが共通している。

しかし良暹法師の歌には、この三首と決定的に違う点がある。それは、いっさいの小道具を排している点だ。真木立つ山、鴫立つ沢、花に紅葉、こういった具体的象徴物を使わず、雰囲気だけで限りない秋の寂しさを描き出しているあたり、ただ者ではない。

秋
第71首

夕《ゆふ》されば　門田《かどた》の稲葉《いなば》　おとづれて
あしのまろやに　秋風《あきかぜ》ぞ吹《ふ》く

〔夕方になったので、いっぱいに実った稲の葉にサラサラと音をさせながら、葦ぶきの小屋に秋風が吹き込んでくるよ。〕

大納言経信《だいなごんつねのぶ》

藤原公任《ふじわらのきんとう》の再来ともいえる、三船《さんしゅう》の才をもつ

作者は多芸に秀で、三船の才で名が知れた源経信。半世紀先輩の第五十五首の作者・藤原公任（162ページ）も同様に称されていた。

一〇七六年秋に行なわれた白河天皇《しらかわてんのう》の三船の御遊に遅刻してしまった経信は、岸をすでに離れた船に向かって、「どの船でもいいから乗せて！」と叫んだ。どれに乗ってもうまくこなせる自信があったことをうかがわせるエピソードだ。『古今著聞《ここんちょもん》集《じゅう》』で「あれはわざと遅れたんだ」と皮肉られているが、確かにちょっとわざとらしいかも？　現代の世界でも、こういう人物はいかにもいそうだ。

詩、歌、管弦以外でも、さまざまな知識に精通しており、藤原定家《ふじわらのていか》も『近代秀歌』（定家による歌論書）で彼を先駆的な逸材として高く評価している。

貴族の田舎趣味から生まれたさわやかな一首

出典の『金葉集』に、「師賢朝臣の梅津に人人まかりて田家秋風といへることを詠《よ》める」（源師賢朝臣《みなもとのもろかたあそん》の別荘で人々が集まり、田家秋風について詠んだ）という詞書《ことばがき》がある。一族の源師賢が梅津（現在の京都市右京区梅津）にもっていた別荘で、まったりと歌に興じていたなかの一幕であろうか。十一世紀に入ると貴族たちは、都の山里などに田舎っぽい山荘を建てて田園趣味を楽しむことが多くなった。この歌も、そんな趣向にひたりながら遊び心で詠まれたものだ。

「門田」とは家の門前にある広大な田んぼを指し、「おとづれて」に掛けられた「訪れ」と「音」で、稲の葉がサラサラといいながら波打つさまを描く。葦《あし》でふいた簡素な「まろや」（小屋）が、都と対照的な田舎っぽいイメージを想起させる。寂しくもさわやかな味わいがあり、技巧にたのむところもない、美しい叙景歌だ。

三船の才をもつ、博覧強記の趣味人・経信の詠んだこの歌は、背景から見るに、つくられた自然像といえる。しかし定家はそれを理解したうえで、この一首を純粋な自然を歌ったものととらえて、百人一首にくわえたのであろう。

恋 第72首

音《おと》に聞《き》く　高師《たかし》の浜《はま》の　あだ波《なみ》は　かけじや袖《そで》の　濡《ぬ》れもこそすれ

祐子内親王家紀伊《ゆうしないしんのうけのきい》

〔うわさに聞く高師の浜の波はかけません、袖が濡れますから。浮気者のあなたも心にかけません。涙で袖が濡れると困りますから。〕

艶書合《えんしょあわせ》、それはあでやかな大人の歌遊び

兄・紀伊守《きいのかみ》からとって紀伊と呼ばれていた作者は、後朱雀天皇《ごすざくてんのう》の皇女・祐子内親王に女房として仕えた。女流歌人として名高い人だったという。この歌は歌合《うたあわせ》で詠《よ》まれたものだが、そのとき彼女はすでに七十歳を超えていた。

さて、かくもあだっぽい歌が生まれる舞台となったこの歌合、なかなかおもしろい趣向だった。平安時代も終わりに近づいていた一一〇二年、堀河院の主催した内裏《だいり》歌合「艶書合」。艶書合とは、男が女へラブレターを送り、女がそれに返事を書くという仕立てで、男女がそれぞれ歌を詠み、その二首を競わせるものだ。フィク

ションとはいえ、求愛や恋の駆け引きなんぞを公衆の面前で、しかも天子の存するところで、男女が歌にして交わし合うとは、平安の宮廷もずいぶん自由なことだ。

若造の俊忠が太刀打ちできなかった色恋の手練

「浮気されて泣くのはまっぴらよ」という拒絶の歌は、相手の男に対する返歌だ。艶書合で紀伊と対戦相手になったのは、藤原俊忠《ふじわらのとしただ》。歌壇の指導者的存在であった第八十三首の藤原俊成《ふじわらのしゅんぜい》（236ページ）の父で、藤原定家《ふじわらのていか》の祖父にもあたる。まだ三十前の若さだった。さて、俊忠の送った恋文は「人しれぬ　思ひありその　浦風に　波のよるこそ　いはまほしけれ」（あなたへの恋心が荒波のように押し寄せる。一夜会ってそれを伝えたい）。「荒磯《ありそ》」という歌枕がきいた、激しくも風流な作品だ。

そこに紀伊のこの返事。同じく歌枕「高師の浜」（現在の堺市浜寺から高石市あたりまで）を使って、「あだ波」が「高い」つまり「浮気者で名高いあなた」と優雅にけん制してみせた。「あだ」には「浮気な」という意味も含まれる。果たして、この勝負は紀伊に勝ち星がついた。

エネルギッシュな若さをもってしても太刀打ちできない、七十の〝超〟爛熟テク。さぞや恋愛遍歴を重ねてきたのであろうと、想像したくなるではないか。定家が「百人一首」に祖父をさしおいて紀伊を採用したのも、むべなるかな、といえよう。

春 第73首

高砂《たかさご》の　尾《を》の上《へ》の桜《さくら》　咲《さ》きにけり　外山《とやま》の霞《かすみ》　たたずもあらなむ

権中納言匡房《ごんちゅうなごんまさふさ》

〔あの高い峰にも桜が咲いたことだよ。人里近い山の霞が、どうか立たずにいてくれたらなぁ。〕

からかう女房たちを黙らせた、博識の学者

作者は由緒正しき学者の家系、大江家の生まれで、平安後期を生きた。とにかくデキる人物だったという。幼いころから神童と讃えられ、博識多才の儒家として活躍しただけでなく、軍学、漢学、詩文もよくする、学者の代名詞のような賢人だったらしい。匡房の才識は、大江家のなかでもピカ一だったそうで、白河《しらかわ》院《いん》に重用されて官僚政治家として活躍した。権中納言正二位大蔵卿という、学者としては異例の昇進を遂げたことからも、彼の超人ぶりがうかがえる。

若かりしころ、宮中の女房たちにかたくるしい学者だと思われて、からかわれた

ことがあった。楽器を奏でるような風流なまねはきっとできないだろうと、匡房に「弾いてみてくださいな」と、あづま琴を差し出した女房たち。

困るのを見て楽しむつもりだったのだろうが、彼は「逢坂の　関のこなたも　まだ見ねば　あづまのことも　知られざりけり」（逢坂の関の向こうへは行ったことがないので、東のことは何も知りません）という歌でこたえた。「こと」はもちろん「事」と「琴」を掛けている。この見事な切り返しに、女房たちは黙ってしまったという。

上の句で遠く、下の句で近くの風景を分けて表現

「尾の上」とは山頂を指し、「外山」は標高が低く里に近いところ、里山という意味だ。桜は里山から咲き始めて、山頂に向かってじょじょに山全体を染めていく。冒頭の「高砂」は、播磨国の名所を指す歌枕ではなく、高く積み重なった砂、つまり高い山のことで、一般名詞であるという説が主流だ。

出典の『後拾遺集』には、内大臣藤原師道《ふじわらのもろみち》の邸宅で開かれたパーティーで、はるかに山桜を望みながら詠《よ》んだものとある。技巧的な要素はないが、「尾の上」と「外山」を対照的に置いているあたりが漢詩人っぽい。何より、「山頂の桜が咲いたよ！」と上の句でいったん流れを切ったこと（三句切れ）により、全体が引き締まっている。ゆえに格調高い歌だと評され、藤原定家《ふじわらのていか》もその点を尊重して選んだと思われる。

恋
第74首

うかりける 人《ひと》を初瀬《はつせ》の 山《やま》おろしよ はげしかれとは 祈《いの》らぬものを

源《みなもとの》 俊頼朝臣《としよりあそん》

〔私につれなかった人がなびくようにと初瀬の観音様に祈ったのに。初瀬の山おろしよ、もっとつれなくなれとは祈らなかったのに。〕

和歌の大家に大きな影響を与えた歌壇の革命児

源俊頼といえば、父は第七十一首の源経信《みなもとのつねのぶ》（210ページ）、息子には第八十五首の俊恵《しゅんえ》（240ページ）がいる。斬新な題材と手法をひっさげ、中世にさしかかった堀河天皇《ほりかわてんのう》時代の歌壇で、指導者、歌論家、歌合《うたあわせ》の判者として大活躍した人だ。『金葉集』の選者になり、『俊頼髄脳』という歌論も著している。

これまでの歌にはなかった視点や語彙を取り入れ、新しい歌風を確立したことなどから、歌壇の革命児ともいえる。和歌の大家と称された後世の第八十三首の藤原俊成《ふじわらのしゅんぜい》（236ページ）ら多くの歌人に影響を与えた。

彼女の態度を冷たい山おろしにたとえた代表作

「祈れども逢はざる恋」というお題を与えられて詠んだこの歌。神仏に祈ってもかなわない恋、なんて、思わずひるんでしまいそうな難しい題材ではないか。この難題を、当代きってのトップ歌人だった俊頼は、長谷寺の観音によせて独創的な感覚で歌いあげた。

初瀬（奈良県桜井市の地名。古くは「はつせ」と読んだ）にある長谷寺《はせでら》は、恋の願かけで名高く、平安の女人たちは恋の成就にと熱心に通った。参詣した人なら、その地形がもたらす冷たく激しい山おろしを、容易にイメージできたはずだ。「うかりける」は「冷たく当たる」、つまり「つれない」という意味になる。

歌の軸は「うかりける人をはげしかれとは祈らぬものを」なので、「初瀬の山おろしよ」の部分は、何とも意表をつく挿入の仕方だ。この飛躍した感じがことにユニークで、山おろしの激しさとあいまって悲しげな緊迫感を与える。余情を残すという点で、「よ」の字余りも格別な効果をもつ。

後鳥羽院は歌論書『御口伝《ごくでん》』で、俊頼の歌の特徴を〝もみもみとしている〟と述べ、その好例がこの歌であると評している。〝もみもみ〟とはこれまたゆるい語感をもつ言葉だが、「深い内容をこめて表現を凝らすこと」なのだそうだ。

雑

第75首

契《ちぎ》りおきし　させもが露《つゆ》を　命《いのち》にて
あはれ今年《ことし》の　秋《あき》もいぬめり

藤原基俊《ふじわらのもととし》

〔させも草（よもぎ）の露のようなお約束を頼みにしてきましたのに、ああ、今年の秋もむなしく過ぎていくようです。〕

無念な思いを息子に託した、子煩悩な父親

一〇六〇年から一一四二年を生きた藤原基俊は、出世街道に一番近い藤原北家の出身。が、基俊自身はさほど出世しなかったらしい。その分、息子に期待するところが大きかったのだろうか。この歌は、息子の光覚《こうかく》を維摩会《ゆいまえ》の講師にしてもらえるように頼んだのに、今年も選ばれなかったという、うらみつらみを詠《よ》んだ歌だ。

維摩会というのは、奈良の興福寺で行なわれている大法会のこと。僧侶たちが集まって仏法を説いたり供養を行なったりする行事だ。なかでも「維摩会」は、仏教界で三本の指に入る重要な法会で、ここで講師を務めることは大変名誉なことであ

り、また僧侶として出世することだったらしい。興福寺は藤原氏の氏寺だったので、この講師を決めるのは藤原氏の長だ。そこで基俊は、藤原忠通《ふじわらのただみち》に「うちの息子をよろしく」とお願いしたのだ。基俊はみずからの家集『基俊集』のなかでも光覚のことを思う歌を残しており、相当の子煩悩だったらしい。

忠通のいい加減な発言を恨んだ、基俊の親心

維摩会の講師になれば将来が約束されるとあって、基俊も必死に頼んだのだろう。忠通も「なほ頼め　しめぢが原の　させも草　わが世の中に　あらむかぎりは」（しめじが原のさしも草よ　自分がこの世にある限りは頼っていいぞ）という古歌を引用してまで、「任せておけ」と請け負っている。栄華をきわめた藤原氏の頂点に立っていた男だけあって調子がいい。ところが、維摩会の行われる秋が、今年も過ぎようとしているのにお呼びがかからない。

そこで基俊は、忠通が使った「させも草」にひっ掛けて、「さしも草の露のような約束の言葉を、命のように大切に思ってきたのに」と詠んでいる。こうして相手の和歌の一節を踏まえて返すのも、王朝時代の和歌のおもしろさだが、当の基俊にはそれどころではなかっただろう。そういえば、現代でもどこかの教員採用試験で似たような不祥事があった。いつの時代にも親バカは健在だ。

雑
第76首

わたの原《はら》　漕《こ》ぎ出《い》でて見《み》れば　久方《ひさかた》の
雲居《くもゐ》にまがふ　沖《おき》つ白波《しらなみ》

法性寺入道前関白太政大臣《ほっしょうじにゅうどうさきのかんぱくだじょうだいじん》

〔大海原に漕ぎ出して見渡すと、雲と見間違えるばかりに、沖の白波が立っていることだよ。〕

親子、兄弟で争う動乱の時代に生きた忠通

法性寺入道前関白太政大臣とは、２１９ページにも登場した藤原忠通《ふじわらのただみち》のことを指す。娘を皇室に嫁がせては陰の権力者として摂関政治を行なっていた藤原一族だが、忠通もその例にもれない。「前関白太政大臣」とあるように、出家するまでは政界トップの職の摂政関白を何度も務めている。ただ、忠通が摂関政治を行なっていた十二世紀は、平安時代も末期。宮廷内はまさにドロドロとした沼のようだった。

まず、皇室では鳥羽上皇《とばじょうこう》と崇徳院《すとくいん》が親子で争い、そのまま崇徳院と後白河天皇《ごしらかわてんのう》の兄弟の争いへとつながっていく。いっぽう忠通も、父親の忠実《ただざね》と弟の頼長《よりなが》のふた

りと対立し、それが皇室の対立と結びつく。忠通が後白河天皇側に、忠実と頼長が崇徳院側につき、やがて一一五六年に「保元の乱」が勃発した。この争いは結局、後白河天皇側の勝利で終わり、忠通は自分の立場も財産も守ることができたが、政治家としての力を失って出家している。

ところで、この歌は、なんと保元の乱では敵方となる崇徳院の前で詠んだものだ。もちろん、乱の起きるずっと前のことだが。詞書《ことばがき》に、「新院位におはしましし時、海上遠望といふことを詠ませ給ひけるに詠める」とある。新院、つまり崇徳院がまだ在位中の一一三五年に詠まれた一首なのだ。

政界トップの自信が、威風堂々とした名歌を生む

「海上遠望」というお題をちょうだいして、忠通はまるで眼前に海を見ているかのように、この歌を詠んでいる。広々とした「わたの原」＝「大海原」に漕ぎ出してみた。空は青く晴れわたり、遠く沖に目をやれば、水平線あたりで空の雲と見間違うばかりに白波が立っていることだよ。その雄大な叙景歌に、狭い宮廷内に暮らす人々から大きな感嘆の声があがったのではないだろうか。忠通はこのとき、三十八歳。将来には、目の前の崇徳院との戦いが待っているとも知らず、政界トップとしての誇りと自信に満ちていた忠通の、堂々たる雰囲気を伝える歌だ。

恋 第77首

瀬《せ》を早《はや》み　岩《いわ》にせかるる　滝川《たきがは》の　われても末《すゑ》に　逢《あ》はむとぞ思《おも》ふ

〔川瀬の早い流れが岩にせき止められ二手に分かれてもいずれひとつになるように、今は別れていても、いずれ逢おうと思っているよ。〕

崇徳院《すとくいん》

その悲劇の人生から怨霊伝説がつきまとう院

この歌は、恋の歌である。しかも熱く情熱的な恋だ。作者の崇徳院は、221ページでも紹介したように、保元の乱を起こした中心人物のひとりだ。鳥羽天皇《とばてんのう》の第一皇子だったが、幼少のころから父親に嫌われ、愛情をかけられることがなかった。それどころか、五歳でついた皇位も、父親によって異母弟の近衛天皇《このえてんのう》に譲位させられる。その近衛天皇が崩御したときの皇位継承をめぐって、ついに父親の鳥羽法皇《とばほうおう》と対立。保元の乱へとつながっていった。

保元の乱で敗れた後、崇徳院は讃岐国（現在の香川県）に流されている。讃岐で暮らす間に、乱で亡くなった者たちの慰霊と反省の証として経典の写本をつくり、京の都に送ったこともあったが、呪いが込められていることを恐れた後白河法皇《ごしらかわほうおう》が送り返してしまった。その仕打ちに怒りを爆発させた崇徳院は、自分の舌をかみ切った血で、それらの写本に「日本の大魔縁（化けもの）となってやる」と書き込んだとか。そこから、崇徳院には長く怨霊伝説がつきまとうようになった。保元の乱のことを描いた軍記物語『保元物語』ばかりか、ずっと後世の江戸時代に書かれた『雨月物語』に、恨みを晴らそうとする崇徳院の怨霊が登場している。

情熱的な恋の歌に秘められた人生への覚悟

障害があって、今は引き離されようとも、いつかはまた一緒になろう、という強い決意がうかがわれる。が、崇徳院の不遇な生涯を振り返ってみたときに、この歌が単なる恋の歌のようには思えなくなる。

崇徳院は、じつは鳥羽天皇の子ではなく、鳥羽天皇の祖父にあたる白河法皇の子だと伝えられている。崇徳院の母親の待賢門院璋子《たいけんもんいんたまこ》は、鳥羽天皇に嫁ぐ前から白河法皇と関係があったのだとか。まるでどこかで見たドラマのような話だが、そのために小さいころから父親に目の敵にされた崇徳院。この歌からは、そうした自分の人生に立ち向かう覚悟のようなものが感じられる。

冬 第78首

淡路島《あはぢしま》　かよふ千鳥《ちどり》の　鳴《な》く声《こゑ》に　いくよ寝覚《ねざ》めぬ　須磨《すま》の関守《せきもり》

源兼昌《みなもとのかねまさ》

〔淡路島から飛んでくる千鳥がもの悲しげに鳴く声に、いったい幾夜目覚めたことだろう。この須磨の関の番人は。〕

選ばれたのは、定家《ていか》の『源氏物語』好きが理由？

作者の源兼昌は、平安時代中期から後期にかけて活躍した歌人だ。勅撰和歌集に選ばれた歌もさほど多くないが、この歌が藤原定家の目にとまった理由には、定家の〝『源氏物語』好き〟が考えられる。定家はみずから写本や注釈書を残すほど、『源氏物語』がたいそう気に入っていた。この歌に詠《よ》まれる須磨も、物語の舞台となった地だ。百人一首には、この歌のほかにもいくつか『源氏物語』ゆかりの歌が選ばれている。

さて、歌中に登場する須磨は、現在の兵庫県神戸市須磨区あたり。今や、関西屈指の海水浴場として人気の高いスポットだ。だが、その地名が「畿内の隅《すみ》」に由来するという説があるように、京の都から遠く離れた地で、軽い罪人の流刑地としての役割も果たしていた。『源氏物語』の須磨の巻でも、光源氏がみずから身を引き隠れるように住んだ土地として描かれている。

歌に詠まれている「須磨の関守」とは、六六〇年代に須磨に設置された関所の番人のこと。山陽道につながる交通の要衝として、須磨は軍事的にも重要な地だったようだ。七八九年には廃止されているので、この歌の詠まれた平安時代後期には、すでになかった。

中年男性の寂しく孤独な出張哀歌

兼昌が旅の途中で須磨で泊まった夜、明石海峡を挟んだ向かいの淡路島から飛んでくる千鳥の悲しい声が枕元に響いてきた。宮廷でも最終の官位が従五位下の兼昌だが、これはけっして高い官位とはいえない。

哀愁漂う中年男性が、都から離れた畿内の隅、須磨で一夜を過ごす。さらに哀愁漂う千鳥の鳴き声……。兼昌の思うところは、想像にかたくない。

その寂しい心情を古関の番人の気持ちに託して表現したのが、この歌の巧みなところ。中高年男性の悲哀が、より強く伝わってくるようだ。

秋
第79首

秋風《あきかぜ》に　たなびく雲《くも》の　絶《た》え間《ま》より
もれ出《い》づる月《つき》の　影《かげ》のさやけさ

左京大夫顕輔《さきょうのだいぶあきすけ》

〔秋風にたなびく雲の途切れた間から、もれ出る月の光の、なんと澄み切って明るいことよ。〕

『詞花集』の選集など、歌人として大活躍

この歌の作者は左京大夫顕輔こと藤原顕輔。父親の顕季《あきすえ》が、白河天皇《しらかわてんのう》を幼少から育てあげた乳母《めのと》の息子だったため、顕輔も宮廷で白河上皇に高く取りあげられていた。ところが、どこでどのようなことをしてご機嫌を損ねたのか、上皇に遠ざけられてしまい失脚している。のちに、上皇が亡くなってから政界に戻り、長官職の正三位左京大夫までのぼっている。

歌人としては、なかなか優れた才能のもち主だったらしい。それは、父親の顕季がおこした和歌の名門「六条家」の跡取りに、ふたりの兄をさしおいて、末っ子だっ

た顕輔が選ばれていることからもうかがいしれる。崇徳院《すとくいん》の命で『詞花集』を選集したのも顕輔だ。この歌も、崇徳院に献上したなかの一首と考えられている。『新古今集』の詞書《ことばがき》にて、「崇徳院に百首たてまつりけるに」（崇徳院に百首差しあげる）とあるためだ。

月光の絶え間ない変化をめでる情景歌

『万葉集』の時代は、雲ひとつかからない、さえざえとした満月の光が好まれた。雲がたなびいて月を隠さないでほしいと詠んだ歌が多く残されていることからもわかる。それが、王朝文学の花開く平安時代ともなると、表現に対する美意識が変化して、月にかかる雲や、雲の途切れた間から差し込む月の光にも美しさを見出すようになる。『源氏物語』の橋姫の巻にも、「雲隠れたりつる月のにはかにいと明かく差し出でたれば……」（雲に隠れていた月が急にとても明るく差し出たので……）という一節がある。

せっかくの満月をおおい隠すようにたなびく雲。しかし、次の瞬間に、その切れ間から透明感あふれる月の光がもれ差し込んできた。その月光の美しさはもちろん、まわりの雲の色が一刻一刻変化するのもまたおもしろい。その余情が、顕輔の心をぐっとつかんだのではないだろうか。

恋
第80首

ながからむ　心《こころ》も知《し》らず　黒髪《くろかみ》の
みだれてけさは　ものをこそ思《おも》へ

待賢門院堀河《たいけんもんいんほりかわ》

〔永く愛するというあなたの本心もわからずにお別れした今朝は、黒髪が寝乱れているように、私の心も乱れて、悩んでいることです。〕

夫婦関係は男の気持ちしだい、平安貴族の通い婚

平安時代の結婚は「通い婚」だ。ほとんどの男性は、女性の人柄や家柄をうわさによって知る。そして、男性が女性に和歌を恋文として贈る。贈った恋文は、当の本人に届けられる前に、親や周辺の女房たちの間で回し読みされてチェックを受けなければならず、選んだ紙や筆跡などから、男性は教養の高さを見られていた。チェックを通ってからも女性の顔が見られるのはまだまだ先。合格点をもらって初めて、本人同士の和歌のやりとりが始まり、おたがいの合意があれば、夜、忍ぶようにして男性が女性に会いに行く。三日続けて通えば、夫婦と認められる。電灯

もない平安時代のこと、たがいの顔もよく見えないままに夫婦になることを決めるのだから、まさに「肌が合う」ことが決め手といえるだろう。ふたりが明るいところで、たがいの顔をようやく確認できるのは、その後に行なわれる「所顕《ところあらわし》」という披露宴の席だ。

ただ、夫婦となったからといって安心していられないのが妻側。男性は何人も妻をもつことができ、毎晩会いに来てくれるわけではない。夫が突然訪ねて来なくなることもある。ずっと来なければ、それだけで離婚を意味したらしい。第五十三首の右大将道綱母《うだいしょうみちつなのはは》（156ページ）の歌も、夫が訪ねて来ない夜を嘆いたものだった。女性にとってこのように「待つ」ばかりの結婚は、嫉妬《しっと》に苦しめられるものだったに違いない。しかし、いっぽうで女性の再婚も自由。和歌によって、自分の思いを自由に伝えることもできた。のちの戦国時代の武家に生まれた女性たちが、顔も見たことのない男性と政略結婚させられたことを思えば、少しはマシな結婚だったのかもしれない。

待賢門院堀河は、神祇伯《じんぎはく》 源 顕仲《みなもとのあきなか》の娘。崇徳院《すとくいん》の母・待賢門院の女房を務めていた。歌人としての才能にも恵まれ、女房三十六歌仙のひとりに選ばれているといったところから、その才女ぶりがうかがえるが、いっぽうでは恋する女のひとりだったことも、この歌からよく伝わってくる。

恋する気持ちが強いほど、不安の高まる女ゴコロ

通い婚では、男性は日が暮れてからやって来て、夜が明けるまでに帰ってしまう。この夜は確かに、自分のもとを訪ねてきてくれた夫だけれど、明日も訪ねてくれるという保証はないのだ。今夜一緒に過ごした幸福感ゆえに、明日への不安が募ってくるのは、現代にも共通する気持ちだ。相手に恋する気持ちが強ければ強いほど独占したくなるし、また不安も高まってくるというもの。そんな心の乱れを、夫と夜を過ごした後の髪の乱れに掛けて歌っているところはさすがで、官能的で情感のこもった一首となっている。

ところで、平安時代の貴族女性にとって黒髪はまさに命。黒く長いほど美しいとされたので、自分の身長以上に伸ばしていたという。百人一首の歌仙絵でも、床に裾《すそ》ひくように流している黒髪がよく描かれているが、さぞ重かったことだろう。洗髪も一カ月に一回がようやくだったとか。そのためにこの時代、お香をたきしめ香りをつける文化が発達したのだという。待賢門院堀河がこの歌に詠《よ》んだご自慢の黒髪は、その後、仕えていた待賢門院を追いかけてともに仏門に入った折に、ばっさりと切られたという。そのとき、この歌に詠まれた夫とはどうなっていたんだろう。それは知るよしもないことなのだけれど。

第80首 待賢門院堀河

夏
第81首

ほととぎす　鳴《な》きつる方《かた》を　眺《なが》むれば
ただ有明《ありあけ》の　月《つき》ぞ残《のこ》れる

後徳大寺左大臣《ごとくだいじのさだいじん》

（時鳥《ほととぎす》が鳴いたと思って、そちらを眺めると、そこには何もなく、ただ有明の月だけが空に残っているよ。）

平安期に夏を告げる鳥として愛された時鳥

春の桜、秋は月に紅葉、冬は雪。と、これほど細やかに季節折々の自然をめでる国民は、日本のほかにはなかなかいないだろう。それは現代に生きる私たちのなかにも、深く根づいている。が、こと平安時代の人々の自然に対する観察力と、それを言葉にして表現する繊細な感性には驚かされる。

この歌のなかに登場する時鳥も、平安の人々にとっては春の鶯《うぐいす》同様、夏を告げる鳥として愛すべき対象のひとつだった。とくに、その夏の最初の一声「初音《はつね》」を聞くことをありがたがり、寝ずに夜明けを待っていたというほどだ。

有明の月とは、夜が明けても空に残っている月のこと。こうして月にさまざまな名前がつけられているのも、人々が何かにつけて夜空を見上げて月をめでていたことの表われだといえるだろう。

時鳥の去った後に浮かぶ「有明の月」

作者の後徳大寺左大臣の本名は、藤原実定《ふじわらのさねさだ》。なかなか優れた政治家で、左大臣正二位までのぼった人物だが、歌人としても才能に恵まれていたらしい。『千載集』や『新古今集』などの勅撰集に多くの歌が残されている。その『千載集』の編者として有名な和歌の大御所、藤原俊成《ふじわらのしゅんぜい》の甥であり、この百人一首の選者、藤原定家《ふじわらのていか》は従兄弟にあたる。

さて、この歌の情景に思いをめぐらせてみよう。実定もみんなが聞きたがっている時鳥の初音を聞こうと、夜を徹して待っていた。そこへ、静寂を破るようにして「キョッ、キョ、キョキョキョキョ!」という時鳥の高い鳴き声が響き渡る。「あっ、そちらか」と振り返ると、すでに時鳥の姿は見えず、白々と明けていく空にうっすらと月が残っていた……。最初は音の世界に神経を研ぎ澄ましていたのを、時鳥の鳴き声をきっかけに、光の世界に目が向けられている。日本人の細やかな感受性がうかがい知れる一首だ。

恋 第82首

思《おも》ひわび　さても命《いのち》は　あるものを　憂《う》きにたへぬは　涙《なみだ》なりけり

道因法師《どういんほうし》

〔つれない人を慕い悩んで、それでもやっと命だけはつないでいるのに、そのつらさに耐えきれないで、涙ばかりがあふれることだなぁ。〕

老いてなお勉強熱心、並々ならぬ歌への執念

この歌は、苦しい恋心を詠んでいる。作者の道因法師の俗名は藤原敦頼《ふじわらのあつより》で、晩年八十二歳をすぎてから出家して、道因と名乗っている。宮中では、右馬助《うまのすけ》などを務めて従五位上までのぼったようだが、政治的な活躍はさほどではなかったのだろう。くわしいことはあまり伝えられていない。

むしろ、晩年の歌人としての活躍ぶりが大変なもので、老いてなお勉強熱心だったことで有名だ。たとえば、平安時代の歌学の大成者といわれる藤原清輔《ふじわらのきよすけ》が主催した歌会に、八十三歳の最年長で出席したほか、九十歳を越えても歌会に出て、講

師の側で遠くなった耳を傾けていたという。鴨長明《かものちょうめい》の『無名抄《むみょうしょう》』のなかでは、秀歌がつくれるようにと、住吉神社に毎月のお参りを欠かさなかった道因のことが紹介されている。それ以外にも、歌合《うたあわせ》の判定に納得がいかず、審判に抗議の文書を送ったり、市中で刃傷沙汰《にんじょうざた》を起こすなど、やんちゃな話も残っている。

さらに、おもしろいエピソードがひとつ。藤原俊成が編集した『千載集』に道因の歌が二十首入れられているが、当初選ばれたのは十八首だったという。俊成の夢枕に亡き道因が現われ、十八首も選んでもらえたと涙を流して感謝したため、俊成がさらに二首追加したのだとか。和歌に執心した道因らしい話だ。

命に関わるほどつらい片思いに涙する

相手につれなくされ、手紙を送っても返信がもらえず、むなしい思いばかり。思ってもかなわぬ恋の苦しさに、食べ物ものどを通らず、身はこんなにやつれて、それでも何とか耐えに耐えて生きているのに、どうして涙はあふれてくるのか。

聞く者の胸までも締めつけるようなこの歌を、いったい道因は何歳で詠《よ》んだのだろうか。そのときの道因の、リアルな体験だったとは思えない。もしかすると、老いてからの恋だったのかもしれないけれど。今でいうなら歌謡曲のように、誰にも覚えのあるような恋心を詠んで、人々を感傷的にさせていたのかもしれない。

雑
第83首

世《よ》のなかよ　道《みち》こそなけれ　思《おも》ひ入《い》る
山《やま》の奥《おく》にも　鹿《しか》ぞなくなる

〔世間から逃れる道はないものだなぁ。思い詰めて分け入ったこの山の奥でも、悲しげに鹿が鳴いているようだ。〕

皇太后宮大夫俊成《こうたいごうぐうのだいぶしゅんぜい》

平忠度《たいらのただのり》との約束を守って、九十一歳まで長生き？

浮き世に疲れ果てた老人が詠《よ》んだかのような歌だが、違う。作者の出家願望が、この哀愁歌を生んだといえる。皇太后宮大夫俊成とは、藤原俊成のこと。藤原定《ふじわらのてい》家《か》の父だ。早くから歌人として活躍し、やがて歌壇で重要な地位を確立した。後白《ごしら》河院《かわいん》の命で『千載和歌集』を編んでいる。この歌は俊成が二十七歳で詠んだもの。

享年九十一歳とは、かなりの長生き。これにまつわるエピソードが『平家物語』に残されている。平清盛《たいらのきよもり》の弟である平忠度が、源平合戦のさなかに、和歌の先生である俊成を訪ねてきて「世のなかが落ち着いたら、また勅撰和歌集がつくられるでしょう。そのときに、そのなかに入れても恥ずかしくない私の歌がありましたら、一首でも入れてくださるとうれしい。そうすれば、あの世から先生をお守りいたします」といったという。その後、忠度は戦死するが、俊成は約束どおり「詠み人知らず」（忠度が勅命による勘当を受けていたため、詠み人知らずとした）として、敗れた平家の忠度の歌を一首、『千載集』に載せている。俊成が九十一歳まで長寿をまっとうできたのは、そのおかげという話だ。

出家をあきらめ、和歌の道をまっしぐら

平安末期の、時代が大きく転換する動乱の世のなかを見つめ続けてきた俊成は、この歌で世の無常観を詠んでいる。早くから出家願望はあったというが、そうした俊成の思いにさらに追い打ちをかけたのが、親しく交流していた西行がわずか二十三歳で出家したことだった。この歌はまさに、西行が出家したころ詠まれたもの。「この苦しみから逃れられる道があるのではと、こんな山奥までやって来たけれど、たとえ西行のように出家してもどこにもそんな道はないんだなぁ。この山奥でも救われずに、鹿が悲しげに鳴いているようだ」といっている。このときは出家を思いとどまった俊成（のちに六十三歳で出家）。その後、和歌の道をきわめ、数々の大きな功績を残している。

雑
第84首

ながらへば　またこのごろや　しのばれむ　うしと見《み》し世《よ》ぞ　今《いま》は恋《こひ》しき

藤原清輔朝臣《ふじわらのきよすけあそん》

〈もし生き長らえたら、つらいと思える今のことも懐かしく思い出すことだろう。つらいと思った昔が、今では恋しく思えるのだから。〉

父との確執など、つらいことの多かった清輔

藤原清輔朝臣は、第七十九首の藤原顕輔《ふじわらのあきすけ》（226ページ）の子。ところが、実父であるにもかかわらず、顕輔からはかなり嫌われていたらしい。顕輔が『詞花集』の編集を行なったときにも手伝いをしているのだが、清輔の意見がまったく受け入れられなかったばかりか、清輔の歌を一首も載せてもらえなかった。

その後も父・顕輔に避けられ、昇進もままならなかった。さらに悪いことに、二条天皇《にじょうてんのう》の命で『続詞花集』の選集を進めていたにもかかわらず、完成前に天皇が亡くなったため、勅撰集としての日の目を見なかったのだ。

こうして不遇なときを過ごすことの多かった清輔だが、だんだん歌人としての才能が認められ、最終的には顕輔から六条家の跡取りを任された。六条家としての歌学を確立させたほか、『袋草紙《ふくろぞうし》』や『奥義抄《おうぎしょう》』などの著書を数多く残すなど、歌人として大成している。

まるで人生の辛酸を味わいつくしたようなこの歌は、清輔が二十六歳前後の若さで詠《よ》んだもの。まさに「人生いろいろ」の真っただなかにいたころなのだろう。

いつか笑って思い出せるさ、という前向きな一首

清輔は、「今はいろいろつらいことがあるけど、生きてさえいれば、いつか笑って思い出せるときがくると思うんだ。だって、昔のつらかったときのことも、今となっては懐かしく思い出せるんだから」と、ポジティブに考えているようだ。おそらく、さまざまなしがらみや不条理なことの多かった平安時代の宮中の人々に、大きな共感をもって受け入れられた歌だろう。実際に、藤原定家《ふじわらのていか》もこの歌を高く評価しているようで、『近代秀歌』や『定家十体』に取りあげている。

もちろん平安時代だけでなく、人間関係のしがらみや、不条理なことは、現代でもあるだろう。そうしたなかで生きる私たちにも、元気と安らぎを与えてくれる、そんな一首だ。

恋
第85首

夜《よ》もすがら　もの思《おも》ふころは　明《あ》けやらで
ねやのひまさへ　つれなかりけり

（ひと晩中つれない人を思って嘆くこのごろは、夜もなかなか明けず、
光の差さない寝室のすき間まで冷たく思えることだよ。）

俊恵法師《しゅんえほうし》

一流歌人の家系に育ちながら、十七歳で出家

この歌は、訪ねてこない男性を待ちこがれて、寂しくひとり寝している女性の気持ちを歌ったものだ。俊恵法師の父は第七十四首を詠《よ》んだ源俊頼《みなもとのとしより》（216ページ）で、祖父は第七十一首の源経信《みなもとのつねのぶ》（210ページ）。三代そろって、百人一首のなかに歌が収められており、優れた歌人の家系に育った。俊恵もそのまま祖父や父がたどった道を歩くように、宮中勤めをしながら和歌の道へと思われたが、俊恵が十七歳のときに父・俊頼が死去。若くして出家し、奈良の東大寺の僧侶となっている。

いっぽう歌人としての活躍もめざましく、京都の白川にある自身の寺を「歌林《かりん》

苑《えん》」と称し、流派や性別に関係なく広く歌人を集めては、毎月のように歌会などを催していた。第八十二首の道因法師《どういんほうし》（２３４ページ）や藤原清輔《ふじわらのきよすけ》（２３８ページ）らも、「歌林苑」に出入りしていたメンバー。歌壇に大きな影響を与えた人物であり、『方丈記』の著者・鴨長明《かものちょうめい》もこの俊恵から和歌を学んでいる。

ひとり寝の寂しい気持ちをユニークに表現

「夜通し、つれないあの人を思って嘆いているこのごろは……」ということは、どうも相手が訪ねてこないのは、昨日、今日のことだけではないらしい。男性が夜だけ女性のもとを訪ねる「通い婚」だった平安時代、何人の女性がこうして来ない相手を思って、涙で枕を濡《ぬ》らしていたのだろうか。

この女性も、毎晩つれない相手を思って眠れないでいる。「いっそのこと、さっさと朝になればいいのに」と思っても、夜もなかなか明けてくれない。そこで、次の二句。「ねやのひまさへ　つれなかりけり」とはユニークな表現だ。朝の光が早く「ねや」、つまり寝室のすき間から差し込んできてほしいのに、まだ闇のなかにある。「寝室のすき間がつれない」とは、今の私たちからしても斬新な感覚だろう。

床のなかで横になりながら、ずっとすき間をにらみつけている女性の姿が目に浮かぶようだ。それにしても、この微妙な女心を詠む坊さんとはいったい……。

恋
第86首

嘆《なげ》けとて　月《つき》やはものを　思《おも》はする
かこち顔《がほ》なる　わが涙《なみだ》かな

（嘆けといって、月がもの思いをさせるだろうか。いや、させない。なのに、月のせいにするように、こぼれ落ちる私の涙だよ。）

西行法師《さいぎょうほうし》

将来のあるイケメン武士が出家した理由とは

この歌は、恋に苦しむ胸のうちを月にかけて詠《よ》んでいる。作者の西行は、八百年以上のときを経て、今なお根強い人気をもつ。その魅力は、多く残された恋の歌や、漂泊の旅の途上で詠まれた歌に見られる、魅力的な人間性にあるのだろう。俗語を取り入れたり、字余りが多かったりするなど、個性的で自由な気風は、平安時代の当時も新鮮な感動をもって受け入れられたらしい。

もともと西行は、俗名を佐藤義清《さとうのりきよ》といい、御所の北側を警護する「北面の武士」だった。北面の武士は、ほかの武士と違って官位をもち、またその選抜には容姿も重視されたということから、西行はかなりのイケメンだったらしい。ところが突然、わずか二十三歳にして俗世を捨て、仏道に入った。そのことも西行という人間への興味につながっている。出家した理由には、仏への信仰の高まり、急死した友人から感じた人生の無常、政争への失望などといったいくつかの説があるが、なかでも有力なのが、さる高貴な女性との失恋説だ。現在に残る西行の全二千九十首の歌のうち、最も多いのが恋の歌だということが、この説を強く推している。

苦しい恋に流す涙を、月のせいにする人間味

日本人は昔から、月の光の美しさに心を映してきた。なかでも西行は生涯、花と月をこよなく愛し、多くの歌に詠んできたことで知られる歌人だ。

「さえざえと美しい月の光が、泣け泣けといわんばかりに、人の気持ちをしんみりとさせるのだろうか。いや、本当はそうじゃないんだ。あの人を思って涙を流しているんだけれど、この涙を月のせいにしたいんだよ」とはやはり、いい年の男が恋のつらさで涙を流すなんてみっともないという心情が、どこかにあるのだろうなどと想像する。

こうして自然の事象に映して、自分のうちにある弱さやもろさを描く西行の人間くささが、私たちをひきつけてやまない理由のひとつだ。

みずからの最期を予言した、漂泊の歌人

西行法師《さいぎょうほうし》

（一一一八～一一九〇年）

弱冠二十三歳にして出家した西行は、「漂泊の歌人」と称せられるように、その人生の約三分の二を諸国行脚の旅に費やした。たとえば源平合戦で焼け落ちた東大寺の再建を目的とした勧進のためにといって、奈良へ二度向かっている。その旅路は畿内にとどまらず、能因法師《のういんほうし》の足跡をたどるためといって奥州（現在の福島、宮城、岩手、青森の四県と秋田県の一部）に、崇徳《すとく》院《いん》の御陵を訪ねて四国は讃岐（現在の香川県）へ、さらには九州・

筑紫（現在の福岡県の一部）や伊勢（現在の三重県）にも足をふみ入れている。こうした旅のなかで花を詠《よ》み、月を詠み、人生を詠んだ西行の生きざまは、後の世の松尾芭蕉《まつおばしょう》や宗祇《そうぎ》などにも大きな影響を与えている。

そうした西行が残した伝説的な歌が一首ある。

「願はくは 花のもとにて 春死なむ その如月《きさらぎ》の 望月のころ」

願えることなら、満開の桜の下で、春死にたい。その二月の満月のころに、という意味だ。

如月とは旧暦の二月。西行にとって信仰の対象であった釈迦《しゃか》の命日が、二月十五日とされている。そして、この歌がまるで予言となったように、まさに春真っ盛りの旧暦二月十六日に、彼はこの世を旅立ったのだ。終焉の地は、大阪河内の弘川寺《ひろかわでら》の庵であった。今も、西行はそこに眠っている。

秋 第87首

村雨《むらさめ》の　露《つゆ》もまだひぬ　真木《まき》の葉《は》に
霧立《きりた》ちのぼる　秋《あき》の夕暮《ゆふぐれ》

〔にわか雨が通りすぎて、その露もまだ乾かない杉や檜《ひのき》などの葉に、霧が立ちのぼっている秋の夕暮れだよ。〕

寂蓮法師《じゃくれんほうし》

新古今集の選者に選ばれるも、完成を見ず逝去

俗名は藤原定長《ふじわらのさだなが》。第八十三首の藤原俊成《ふじわらのしゅんぜい》（236ページ）の甥で、のちに俊成の養子となっている。宮中では従五位上中務少輔《じゅごいのかみなかつかさないすけ》まで務めたが、俊成に実子の藤原《ふじわらの》定家《ていか》が生まれると、自分の居場所がなくなったのか、三十代で出家した。歌人としては、俊成や定家が盛り上げた御子左《みこひだり》家の中心的な存在として活躍。気の毒なのは、『新古今集』の撰者として後鳥羽上皇の命を受けたが、完成を待たずに亡くなったため、選者として名前が並べられていないことだ。

この歌は、一二〇一年の「老若五十首歌合《ろうにゃくごじゅっしゅうたあわせ》」で詠《よ》まれたもので、対戦相手の越

前なる歌人に勝っている。その場で和歌を詠み披露する「歌会」は平安時代より前から行なわれていたが、それにゲーム性を備えた「歌合《うたあわせ》」は平安時代に流行した。与えられた歌題に対し和歌を詠み、勝ち負けを決めるもの（124ページ）だが、最初はたがいに協議したり、主催する天皇が優劣を決めたりしていたようだ。しかしやがて競争意識が強くなり、専門の歌人が判定者を務めるようになった。

霧と常緑樹の濃い緑が織り成す静かな世界

日本人の季節や自然に対する繊細な感受性が、雨にもさまざまな名前をつけてきた。秋霖《しゅうりん》、時雨《しぐれ》、五月雨《さみだれ》、虎が雨《とらがあめ》、八重雨《やえあめ》……などなど、その表現のバリエーションには驚かされる。「村雨」もそのひとつ。秋に降るにわか雨のことだ。そして、「真木」とは、杉や檜、松、高野槇《こうやまき》といった常緑樹を指す。

にわか雨が上がり、滴の乾かない杉木立の間から白い霧が静かに立ちのぼっている。その霧がやがて、山全体を包み込むように白いベールでおおっていく秋の夕暮れの風景。まるで一幅の水墨画を見るような、色をおさえた幻想的な世界だ。そこで、はたと思うのは、秋といえば紅葉でしょう、ということ。一般に、赤や黄色の色あざやかな紅葉が歌われがちな秋に、あえて常緑樹を詠んでいるところが、寂蓮が得意とする静寂な余情を好む、新古今風らしい。

恋
第88首

難波江《なにはえ》の　葦《あし》のかりねの　一夜《ひとよ》ゆゑ
みをつくしてや　恋《こひ》わたるべき

〔難波江の、刈られた葦の根の一節のような、短い一夜の仮寝のために、この身をつくしてあなたを恋し続けねばならないのですか。〕

皇嘉門院別当《こうかもんいんのべっとう》

崇徳院《すとくいん》の中宮の最期まで、そばで仕えた女官長

皇嘉門院別当とは、皇嘉門院聖子《こうかもんいんのせいし》（崇徳院の中宮）に仕えた女官長という役職名で、本名は伝わっていない。源俊隆《みなもとのとしたか》の娘で、皇嘉門院聖子を中宮にとおした藤原忠通《ふじわらのただみち》（220ページ）や九条兼実《くじょうかねざね》（聖子の弟）との縁から、「右大臣兼実家歌合《うだいじんかねいえけのうたあわせ》」などの歌合に出席し、女流歌人として活躍した。『勅撰集』にも九首の歌を残している。

皇嘉門院聖子は、忠通の娘で、保元の乱のときには夫と父親が対立するという苦しい立場になった。崇徳院が讃岐国に流されたときに出家しているが、同時に皇嘉門院別当も一緒に髪をおろしたのだろうか。聖子が亡くなっ

たときに、尼僧の姿で葬儀に従っていたことが記録に残されている。晩年の寂しい聖子の話し相手となり、最期まで側に仕えていたのだろう。

一夜の情事で本気になった、女心を巧みに表現

大阪湾がどんどん埋め立てられ、高いビルが林立する現代では想像もつかないが、大昔の大阪湾はもっと東、現在の東大阪市あたりまで入り込んでいた。「難波江」は、今のオフィス街の真んなか（大阪市中央区）あたりの湿地帯だったのだ。歌のなかで「身をつくす」と掛けて使われている「澪標《みをつくし》」は、船が入り江を航行する際の目印として立てられていた杭《くい》のことで、現在の大阪市の市章にもなっている。

この歌は、難波江にたくさんはえていた葦にかけて、たったひと夜の、旅の宿での契りを歌ったもの。もちろん、貴族の娘だった皇嘉門院別当の実体験だったわけではなく、兼実の自宅で行なわれた歌合の、「旅宿に逢ふ恋」というお題に対して歌ったもの。「刈り根」と「仮寝」を掛け、さらに「一夜」は、葦の「節（よ）」にも掛かっている。「ゆきずりの恋だった。たったひと夜のことなのに、これから一生思い続けなければならないのだろうか。あぁ、苦しい」。しかし、いくら出された歌題に対する創作とはいえ、〝いいところのお嬢さん〟がひと夜の情事を朗々と歌合で詠みあげているところに、平安時代のおおらかな空気を感じる。

恋 第89首

玉《たま》の緒《を》よ　絶《た》えなば絶《た》えね　ながらへば
忍《しの》ぶることの　弱《よわ》りもぞする

式子内親王《しょくしないしんのう》

〔私の命よ、絶えるのなら絶えてしまえ。生き長らえると、この恋を心に秘める力が弱まって、人に知られてしまうと困るから。〕

大人気の歌の作者の、あまりにも不幸な人生

百人一首のなかでも、一、二を争う人気の歌だ。けっして外に出してはならない、激しすぎる恋心がなんとも切ない。後白河院《ごしらかわいん》の第三皇女だった式子内親王は、十歳から二十歳までの十年間、賀茂斎院《かものさいいん》として奉仕している。多くの斎院同様、退いた後も生涯独身を通した女性だ。さすがに皇族に生まれただけあって、暮らしに不自由することはなかったようだが、五十年余りのその人生は波瀾万丈。

妹や母など続けざまに身内を亡くすわ、父親が遺してくれた屋敷は、政治の実権を握っていた摂関家に乗っ取られるわ……。それだけではない。後白河院の霊から

託宣を受けたと偽った橘兼仲《たちばなのかねなか》の妻をめぐる事件に巻き込まれ、洛外追放されそうになるわ、叔母の八条女院《はちじょうにょいん》の病死に際しては呪いをかけたのではないかと疑われるわ、とにかくひどい目にあったようだ。不本意ながらも出家したのは、呪いの潔白を示すためだったらしい。「世俗の衣を脱ぎ捨て、出家者となったけれども、そんな自分が哀れで袖《そで》は涙で濡《ぬ》れているよ」と自分を哀れむ歌を残している。

ところで、式子内親王の和歌の先生は、第八十三首の藤原俊成《ふじわらのしゅんぜい》（236ページ）。その優れた才能で名歌を多く残し、歌人としては、新三十六歌仙のひとりに数えられている。

十歳以上年が離れた、定家《ていか》との恋のうわさ

この歌が、百首と数を定めて詠む『百首歌』のひとつであることから、式子内親王が自分自身のことを歌ったとは限らないが、ほかにも式子内親王には「忍ぶ恋」の歌が多い。「玉の緒」とは「魂を体につなぎとめる緒」を指す。つまり「命」だ。命を絶つほど壮絶な恋とは、いったいどんな恋だったのだろう。

うわさでは、俊成の息子で十四歳差もある藤原定家《ふじわらのていか》と恋愛関係にあったという話だ。中世に入ってから創作された能「定家」でも、ふたりの恋のことが描かれているが、実際のところどうだったのかはわからない。

恋
第90首

見《み》せばやな　雄島《をじま》のあまの　袖《そで》だにも
濡《ぬ》れにぞ濡《ぬ》れし　色《いろ》はかはらず

殷富門院大輔《いんぷもんいんのたいふ》

〔あの人に見せたいものですよ。松島の雄島の漁師の袖でさえ、ひどく濡れても色までは変わっていないのに。〕

つけられたニックネームは「千首大輔」

この歌は、歌合《うたあわせ》の「恋」という歌題に対して歌ったもので、平安時代中期の歌人・源重之《みなもとのしげゆき》が詠んだ「松島や　雄島の磯に　あさりせし　あまの袖こそ　かくは濡れしか」（あなたに冷たくされて、私はこんなに泣いています。松島の雄島の磯で漁をする者の袖でも、これほど濡れていないでしょう）の本歌取りとされる。

殷富門院大輔は藤原信成《ふじわらののぶなり》の娘。例によって本名は伝わっておらず、後白河法皇《ごしらかわほうおう》の皇女・亮子内親王《りょうしないしんのう》（のちの殷富門院）に仕えた大輔ということだ。

本名こそわからないものの、歌人としては高名だったらしい。鴨長明《かものちょうめい》の『無名《むみょう》抄《しょう》』には「近く女歌よみの上手」（近年の女流歌人中の名人）ともち上げられ、藤原《ふじわらの》定家《ていか》も、彼が編んだ『新勅撰集』で、女流歌人では最も多い十五首を載せている。第八十五首の俊恵《しゅんえ》（240ページ）の歌林苑《かりんえん》に出入りし、寂蓮《じゃくれん》（246ページ）や西行《さいぎょう》（242ページ）などの歌人たちと親交があった。歌人仲間からつけられたニックネームが「千首大輔」というほどの多作家だったらしい。女房三十六歌仙のひとりに選ばれている。

松島の漁師の袖にかけた、激しい恋の歌

この歌は、百年以上前に詠まれた重之の男性の歌への、女性の返歌のつもりで殷富門院大輔が詠んだという説もある。しかし重之の歌も女性の気持ちを詠んだものだともいわれていて、確かではない。

歌に登場する「雄島」は、現在の宮城県松島にある島のひとつ。もちろん、宮中に暮らす殷富門院大輔が松島まで旅をして歌ったわけでなく、雄島は和歌に多く詠《よ》まれてきた歌枕だ。「あなたに見せたいものだわ、私の袖を。雄島の漁師の袖もさぞ濡れたことでしょうけど、色まで変わらなかったでしょう? 私の袖は、悲しみの涙で血の色に変わってしまったのよ」。「血の涙」とは尋常ならざる表現だが、漢詩の影響を受けた表現で、恋のつらさをひしひし伝えたいときによく用いられる。

秋
第91首

きりぎりす　なくや霜夜《しもよ》の　さむしろに
衣《ころも》かたしき　独《ひと》りかも寝《ね》む

後京極摂政前太政大臣《ごきょうごくせっしょうさきのだじょうだいじん》

〔蟋蟀《こおろぎ》が鳴いている寒い夜のむしろの上で、私は自分の衣を片敷いて、ひとり寂しく寝るのだろうか。〕

三十八歳で非業の死を遂げたエリート

後京極摂政前太政大臣とは、九条良経《くじょうよしつね》のこと。九条家を興した九条兼実《くじょうかねざね》の次男で、第九十五首の慈円法師《じえんほうし》（264ページ）は叔父にあたる。摂政関白家に生まれて、約束されたように出世コースを歩んだ。さらに、嫡男だった兄の良通《よしみち》が早くに死去したため、九条家の跡取りになり、わずか二十六歳で右大臣にまでのぼっている。エリート中のエリートだったわけだ。

この歌は、一二〇〇年、後鳥羽院に百首詠進したなかの一首。その直前に、良経は一条能保《いちじょうよしやす》の娘だった妻を亡くしたばかりだった。妻を入棺した翌日には、悲しみのあまりに遁世をくわだてたこともあったとか。男が複数の妻をもち、その日その日で好きな妻のもとへ通うことのできた時代だというのに、良経の妻へのやさしい愛情が伝わってくる。そうした愛妻家の良経が、隣に妻のいないひとりぼっちの寝床の寂しさを歌ったといえる一首だ。

鎌倉初期のこのころ、政情は安定せず、幕府との関係をめぐって朝廷でも権力争いが続いていた。ときの権力者であった父親の兼実ももちろんその渦中にあり、鎌倉幕府に親しい立場をとっていた兼実は、一一九六年十一月に、反幕派であり反兼実派の土御門通親《つちみかどみちちか》らがおこした「建久七年《けんきゅうしちねん》の政変《せいへん》」により失脚。良経も兼実とともに一度は朝廷から追放されている。

その後、左大臣として復帰すると、後鳥羽院《ごとばいん》からの信頼を得て、作者名の「後京極摂政前太政大臣」とあるように、従一位摂政太政大臣へとのぼりつめていった。しかし、その栄華も突然に絶たれる。良経は三十八歳で、その人生を終えたのだ。

生き急いだような短い生涯の良経だが、和歌の才能はその分早く成熟したのだろうか。『千載集』に、十代で創作した和歌が七首も収められている。和歌の先生は、藤原俊成《ふじわらのしゅんぜい》（２３６ページ）。叔父・慈円のうしろだてもあって、歌壇における中心的存在として活躍した。『新古今集』の選者で、仮名序もまとめている。もちろん、こうした活躍は和歌の才能があってのこと。後鳥羽院《ごとばいん》がまとめた歌論書『後鳥羽院御口伝《ごくでん》』でも、良経の和歌は「秀歌のあまり多くて、両三首などは書きのせがたし」（優れた歌がとても多いので二、三首例示しても意味がない）と評されている。

愛妻家だった良経の、寂しいひとり寝の歌

良経は、古い時代の歌によほど親しんでいたとみえる。この歌は、第三首と、『古今集』の「さむしろに　衣かたしき　今宵もや　我を待つらむ　宇治の橋姫」（敷物の上に寂しく独り寝をして、今夜も宇治の橋姫は私を待っているだろう）、さらには『万葉集』の「わが恋ふる　妹は逢はさず　玉の浦に　衣片敷き　独りかも寝む」（私が恋しく思う女性は会ってくれない。私は玉の浦で衣を片方だけ敷いて寝る）の本歌取りだ。

歌に登場する「きりぎりす」とは、今でいう蟋蟀《こおろぎ》のこと。秋の歌によく詠《よ》まれる。霜のおりるような冷えこんだ秋の夜、寒気を避けて蟋蟀《こおろぎ》が建物の下に移動したのだろうか。しんと静まった夜に、寝床に身を横たえていると、いやに鳴き声が耳に響いてきて、寂しさを募らせる。なぜ寂しいのかといえば、妻とふたりで眠っている寝床なら、二枚の着物をあわせて敷いているはず。ここで「衣かたしき」とあるのは、自分の着物の袖の片方だけを敷いている＝ひとりで寝ていることを意味している。最後の句「独りかも寝む」だけでなく、その前に「片敷きの衣」という情景を重ねて描くことで、ひとり寝の寂しさがひしひしと伝わってくる。

第91首 後京極摂政前太政大臣

恋
第92首

わが袖《そで》は　汐干《しほひ》に見《み》えぬ　沖《おき》の石《いし》の　人《ひと》こそ知《し》らね　乾《かは》く間《ま》もなし

〈私の着物の袖は、引き潮のときにも見えない沖の石のように、誰も知らないけれど、涙に濡《ぬ》れて乾く間もないのですよ。〉

二条院讃岐《にじょうのいんのさぬき》

勅撰和歌集に七十四首も登場する、和歌に生きた女性

作者の二条院讃岐は、平安時代から鎌倉末期にかけて活躍した歌人で、公家の社会から武家の社会へ変わる激動の時代に生きた女性だ。平安末期の宇治川の戦いで、歌人としても有名だった父の源頼政《みなもとのよりまさ》と、兄の仲綱《なかつな》を亡くしている。宮中では、その名の表わすとおり、最初は二条院《にじょういん》に仕えていた女房だが、のちに後鳥羽天皇《ごとばてんのう》の中宮任子《ちゅうぐうにんし》のもとへ再就職。その後、出家している。

歌人としての秀でた才能が気に入られてか、若いころから二条院が主催する歌会で歌を詠《よ》んでいるほか、宮中での名だたる歌合《うたあわせ》、歌会にも出ていた。第八十五首

の俊恵法師《しゅんえほうし》（240ページ）の歌林苑《かりんえん》にも参加。女房三十六歌仙のひとりに選ばれている。天皇や上皇の命で編集される勅撰和歌集に載ることは、歌人としての名誉だが、二条院讃岐は『千載集』などに七十四首も収められている。生涯を和歌に生きた女性だった。

お題は「石に寄せる恋」……難題も無理なく名歌に

百人一首には袖を濡らす歌が多い。しかしそのなかでも第九十二首はひときわ風変わりな題を与えられ、詠《よ》んだ歌だといえる。この歌は、「寄石恋」というお題が与えられて歌ったものだ。「石に寄せる恋」とはまた、突拍子もない組合せのように思えるが、無理なく自然に歌われている。

沖にある石、この場合、小さな石ころではない。海底から突き出ている岩のことだ。しかし潮が引いてもその姿を見せることがないのだろう。ずっと波の下にあって乾く間もないということを、恋する女性の涙に引っかけているところが上級だ。

この「人こそ知らね」の「人」は、そのまま素直に誰も（沖の海底に沈む岩のことなど）気づきもしないでしょうけれど、と解釈できるが、ここを恋する相手の男とすれば、「あなたは鈍感で、気づいてもいないでしょうけれど」という意味合いとなって、さらにおもしろい。

羈旅 第93首

世《よ》のなかは　つねにもがもな　渚《なぎさ》こぐ
海士《あま》の小舟《をぶね》の　綱手《つなで》かなしも

鎌倉右大臣《かまくらのうだいじん》

世のなかはつねに変わらないでほしいものだなぁ。渚を漕いでいく漁師の小舟の引き綱を引くようすは、趣深く心がひかれることだ。

二十八歳で暗殺された、悲劇の第三代将軍

鎌倉右大臣とは、鎌倉幕府の第三代将軍・源実朝《みなもとのさねとも》のこと。鎌倉幕府を開いた源頼朝《みなもとのよりとも》の次男として誕生。人生で一度も京都を訪れたことがないという。したがってこの歌は、鎌倉で海を見て詠んだと考えられる。鎌倉幕府が開かれたばかりのこのころは、政治もまだ安定せず、実朝も政争の渦に巻き込まれた悲劇の人生を送った。第三代将軍についたのが、わずか十二歳のとき。兄の第二代将軍・頼家《よりいえ》が追放されたためだが、若く実権をもたない将軍のもと、謀反がくり返された。やがて、甥で養子にも迎えていた公暁《くぎょう》に暗殺されたのは、わずか二十八歳のときのことだ。

いっぽう、歌人としての実朝にも、さまざまなエピソードが残されている。京の都から届いた『万葉集』に大喜びをしたり、父・頼朝の歌が載ると知るや、早々と『新古今集』を入手したがったりした話は、まるで子どものようにあどけない。さらには、蟄居《ちっきょ》を命じられた臣下が歌を詠んで許しを請うと、門内へ招き入れて許したという話や、死罪を命じられていた人間が、一首の歌によってまぬがれたという話も。こうした実朝の人柄や激動の人生が、後世の文学者を強くひきつけたのだろう。太宰治《だざいおさむ》や大仏次郎《おさらぎじろう》らが、実朝を主人公に小説を書いている。

のどかな海を眺めて、平穏な日々のいとおしさを詠む

実朝の和歌の先生は、藤原定家《ふじわらのていか》だ。自作の和歌三十首を定家のもとに送って、講評をお願いすることもあった。和歌の大家に学んだだけはあって、実朝の和歌は、お殿様のお遊びにとどまっていない。自由で素直な独自の歌風を打ち立てた実朝の歌は、のちに正岡子規《まさおかしき》も高く評価している。

この歌は何ということのない日の、のどかな海の風景だ。そこに、実朝は「変わることのない」おだやかな日常の大切さをしみじみと感じ、歌に映している。『万葉集』と『古今集』の古歌二首を本歌としているが、この歌には、激動の日々に身を置いていた実朝の〝今このときの実感〟が、しっかりと込められている。

秋
第94首

みよし野《の》の　山《やま》の秋風《あきかぜ》　小夜更《さよふ》けて
ふるさと寒《さむ》く　衣《ころも》うつなり

〔吉野の山の秋風が夜更けに冷たく吹き渡り、吉野の里は冷え込んで、どこからともなく衣を打つ砧《きぬた》の音が寒々と聞こえてくるよ。〕

参議雅経《さんぎまさつね》

「芸が身を助ける」を体験した多才な人物

晩秋の寂しさをこれでもかというほど味わわせてくれる一首。作者は藤原雅経、またの名前を飛鳥《あすか》井《い》雅経《まさつね》ともいう。多才な人で、『新古今集』の選者に選ばれるほどの歌人であるいっぽう、雅楽の篳篥《ひちりき》の奏者としても宮中で重んじられ、字も達筆であったという。さらに蹴鞠の才能も高く評価され、後鳥羽上皇《ごとばじょうこう》に「蹴鞠長者」の称号が与えられた。のちに蹴鞠の名門「飛鳥井流」を立ち上げている。

こうした才能に恵まれたことが功を奏し、父親が源頼朝《みなもとのよりとも》と対立する義経《よしつね》側についていたにもかかわらず、護送された先の鎌倉幕府で重用されることとなった。まさに芸が身を助けたわけだ。第九十三首の作者・源実朝《みなもとのさねとも》（260ページ）とも親しく交流し、実朝に定家《ていか》や鴨長明《かものちょうめい》を引き合わせたのも雅経だといわれている。が、実朝の側近であった大江広元《おおえのひろもと》の娘を妻にするなど、鎌倉幕府に傾倒していたことが幕府嫌いの後鳥羽院のご機嫌を損ね、宮中では疎まれるようになったという話だ。

古都に響く砧の音で、晩秋の寂しさを巧みに表現

「みよしの」とは、現在の奈良県吉野町にある吉野山のこと。役行者が開いた修験道の総本山として有名で、最近では世界遺産に登録されたことでも話題になったが、その吉野山のふもとには、かつて吉野宮があった。『日本書紀』には、斉明天皇が六五六年に「作吉野宮」（よしののみやをつくる）と記されている。この歌に登場する「ふるさと」（昔、都のあったところ）だ。

この歌は、第三十一首の坂上是則《さかのうえのこれのり》（102ページ）が詠んだ「み吉野の　山の白雪　つもるらし　ふるさと寒く　なりまさるなり」の本歌取り。「吉野の山を秋風が吹き渡っている、あたりはしんしんと更けてきた。ここに昔、都があったとは思えぬほど寂しい土地だ。どこからか、衣を打つ砧の音が聞こえてくるよ。あぁ、どんどん秋が深まっているんだなぁ」。本歌の冬を秋に替えたばかりか、表現に砧の音をくわえたのが巧み。暮れゆく晩秋の寂しさが、ひしひしと伝わってくるようだ。

雑
第95首

おほけなく うき世《よ》の民《たみ》に おほふかな わが立《た》つ杣《そま》に 墨染《すみぞ》めの袖《そで》

〔おそれ多くも、仏のご加護を願って、俗世の人々におおい掛けるよ。比叡山に住み始めた私の墨染めの袖を。〕

前大僧正慈円《さきのだいそうじょうじえん》

四度天台座主に登りつめた、摂関家出身の僧侶

この歌は、作者が三十代の若いころに歌ったものだ。もちろん、まだ一度も座主についておらず、厳しい修行の日々を送っていたころだろう。前大僧正慈円は、第七十六首の藤原忠通《ふじわらのただみち》（220ページ）の子。今をときめく摂関家に生まれて、エリートコースを約束されたようなものだったが、十歳のときに忠通が亡くなり、十一歳で出家している。が、公家の子息とは思えぬ気骨のある僧侶に成長し、二十一歳のときには、比叡山の無動寺で千日間の過酷な修行「千日入堂」も修めた。

とはいっても、生涯に四度も天台座主についたのは、政治的な背景がなかったわ

けではない。忠通亡き後は、実兄の九条兼実《くじょうかねざね》が宮中で幅をきかせていたし、姪の任子《にんし》が後鳥羽天皇《ごとばてんのう》の后として入内し、後鳥羽天皇と親しい関係をもっていたことも事実だからだ。しかし、それが逆に慈円を何かと政争の渦に巻き込むことになり、兼実の失脚とともに座主を追われるようなこともあった。仏の道ひと筋というわけにはいかない人生だったようだ。

若さゆえの謙虚さと気負いが力強い一首

時代はちょうど、平安末期から鎌倉時代初期の大きな転換期にあった。政治は安定せず、戦いに次ぐ戦いで、世のなかは疲れ切っていた。若き日の僧侶、慈円の目に、それがどれだけ暗く重く映ったのだろうか。この歌は、慈円が尊敬してやまない最澄の「阿耨多羅《あのくたら》　三藐三菩提《さんまくさんぼだい》の　仏たち　わが立つ杣に　冥加あらせたまへ」（阿耨多羅三藐三菩提の最たる叡智よ。私が立っている山に加護を与えたまえ）の本歌取りだが、ただ古歌を引用したということだけでなく、仏道に生きる者としての抱負を、開祖に向けて高らかに宣言したような歌だ。

「おほけなく」（身の程もわきまえず）という初句に謙虚さが見えながら、「憂えるこの世の民に、私の法服を覆い掛けて、仏のご加護を祈願しよう」という気負いを感じる。若い慈円だからこそ詠《よ》めた、力強い一首だといえる。

雑 第96首

花《はな》さそふ　あらしの庭《には》の　雪《ゆき》ならで
ふりゆくものは　わが身《み》なりけり

入道前太政大臣《にゅうどうさきのだじょうだいじん》

桜の花を誘って散らす、嵐が吹く庭の、ふりゆくものは雪ではなく、じつは老けていくわが身なのだったよ。

出家後も権力に固執し続けた野心家

もうすぐ散る桜の花に、もうすぐ終わる自分の人生を重ねた一首だ。入道前太政大臣こと藤原公経《ふじわらのきんつね》は、内大臣藤原実宗《ないだいじんふじわらのさねむね》の子。藤原一族という恵まれた環境もあるだろうが、みずから幕府とも朝廷とも積極的に縁戚関係を結んで、絶大な権力を手にしていった野心家だった。まず公経自身が源　頼朝《みなもとのよりとも》の姪を妻にして、鎌倉幕府と強い関係を築き、第三代将軍の実朝《さねとも》が暗殺された際には、自分の外孫の藤原頼経《ふじわらのよりつね》を将軍後継者として鎌倉に送り出している。

幕府側に通じた人間としてのポジションをとったことによって、リスクを背負うこともあり、後鳥羽上皇《ごとばじょうこう》が鎌倉幕府に向けて挙兵した「承久の乱」のときには幽閉されている。しかし、いち早く朝廷の不穏な動きを幕府に知らせた功により、乱が治まった後には太政大臣にまでのぼり、朝廷で絶大な権力を誇った。出家した後にも俗世の権力への関心は収まることがなかったようで、公経の家から次々と皇室に中宮を送っては、朝廷での絶対的な権力を手にしている。

恐いものなしだった公経も、唯一恐れた「老い」

その野心的な公経のイメージとしては、人の心の細やかな機微や自然の風情などをまったく解さぬ、ぎらぎらした人物像が目に浮かぶようだが、和歌をはじめ、琵琶や書などの芸術にも通じた人だったらしい。歌人としての評価も高く、新三十六歌仙のひとりに選ばれている。『新勅撰集』には四番目に多い三十首の歌がある。

さて、この歌の詞書《ことばがき》には「落花を詠《よ》み侍《はべ》りける」とある。桜の花が、満開もすぎ、風が吹くたびにはらはらと散って、庭に雪が積もるように敷きつめられているのだろう。それ見て公経は老いてゆくわが身を思った。「嵐が吹いて、ふりゆくものは雪ではなく、じつは老いてふりゆくわが身なんだよなぁ」。「ふりゆく」に、「降りゆく」と「古りゆく」が掛けられているところが巧みだ。栄華をきわめて恐いものなしだった公経も、寄る年波には勝てなかったということか。

永遠に続く栄華を夢見た、鎌倉時代のセレブ

藤原公経《ふじわらのきんつね》

（一一七一～一二四四年）

藤原公経は、鎌倉時代、幕府とも朝廷とも親しい関係を築くことで絶大な権力を手にした人物だ。彼の孫たちは将軍や中宮、摂関を務め、曾孫《そうそん》が天皇にもなっており、本人も太政大臣までのぼり詰めている。こうした権力を背景に豊かな財を築き、なんと吹田の別荘には、はるばる有馬から温泉を運ばせたというエピソードまで残っているのだ。

また、公経が五十四歳のときに京都・北山（現在の京都市北区）

に豪邸と西園寺《さいおんじ》を建立している。公経の家系がその後、西園寺《さいおんじ》家と呼ばれているゆえんだ。しかし、西園寺そのものは、のちに土地が足利義満《あしかがよしみつ》にゆずられ、金閣寺が建立されている。

西園寺の立派さと公経らの豪華な暮らしぶりについては、南北朝時代にまとめられた歴史物語『増鏡《ますかがみ》』の「内野の雪」にくわしく描かれている。

公経の寝殿をとりかこむ山の常磐木《ときわぎ》がたいへん老木になっているので、桜の若木を一面に植える、とある。そこで詠《よ》まれた公経の歌が「山ざくら　峰にも尾にも　植ゑおかむ　見ぬ世の春を　人やしのぶと」（山桜を山頂にも山裾にも植えておこう。私が見ることのない後世の春に、人々が満開に咲き誇る桜を賞賛してくれるだろうと思うので）だ。家門の栄華が永遠に続くと信じて疑わない、公経の自信がうかがえるようだ。

恋
第97首

来《こ》ぬ人《ひと》を　松帆《まつほ》の浦《うら》の　夕《ゆふ》なぎに
焼くや藻塩《もしほ》の　身《み》もこがれつつ

〔待てども来ない人を待つ私は、松帆の浦の夕なぎに焼く藻塩のように、毎日身を焦《こ》がれるような思いでいることですよ。〕

権中納言定家《ごんちゅうなごんていか》

優美な和歌を愛し広めたカリスマ歌人

作者は藤原定家《ふじわらのていか》だ。いよいよ、百人一首の選者自身の登場。『小倉百人一首』では、百人百首を選ぶのにさぞ苦労しただろうと思われる定家だが、自作の歌はといえば、『万葉集』の長歌から本歌取りした一首だ。本歌は、松帆の浦に住む海少女に恋いこがれる男の歌となっているが、この歌は女性の立場で詠《よ》まれている。

定家は第八十三首の藤原俊成《ふじわらのしゅんぜい》（236ページ）の四十九歳のときの子どもだ。そのため、よほどかわいかったのではないだろうか。和歌の教育も惜しまなかったに違いない。十代からメキメキと歌才を発揮したという。

俊成が追求した「幽玄」を継承し、さらに深化させる形で「有心《うしん》」論を展開したのが定家だった。歌の対象について言葉だけの表現にとどまらず、心から深く理解することで情感を表現しようとする考え方だ。それは新古今風と呼ばれる、洗練された優美な作風へとつながっていった。定家のこうした歌風には、当時も多くのファンがいたが、後鳥羽院《ごとばいん》もそのひとりだった。

一二〇〇年に後鳥羽院の「院初度百首」で、定家が詠んだ歌をいたく気に入り、それ以降、定家をかわいがるようになったらしい。『新古今集』の選者にも任命している。

ところが、それから九年後には、内裏歌会で詠んだ歌がぎくしゃくし始めていた後鳥羽院の怒りにふれて、その後は公の歌会などへの出入りを禁止された。そのときの歌が「道のべの　野原の柳　したもえぬ　あはれなげきの　煙くらべに」(道端の野原の柳は人目につかず芽ばえた。私の嘆きの炎の煙の燃え方と競っているようだよ)。これは菅原道真《すがわらのみちざね》が流されたことへの不満を詠んだ歌を借りたもので、定家が自分の官位に対する不満をぶつけたと解釈されたのだ。

実際、官吏としての定家は出世が遅かったらしい。姉に荘園を寄進してもらい、五十一歳でようやく公卿に達し、念願の権中納言には七十一歳で就任している。しかし、後鳥羽院の傘下から追い出されたことは、定家にとって幸運だった。翌年、後鳥羽院は承久の乱をおこして敗北し、隠岐に流されたからだ。

若いころには、宮中で同僚と乱闘騒ぎを起こして、そのときも宮中から除籍されている。自身が詠む優美な和歌の世界とは裏腹に、なかなか気性の激しい人物だったらしい。

五十五歳の定家が歌った、切ない女性の恋ごころ

松帆は、現在の兵庫県明石市の対岸にある、淡路島の北端のあたり。藻塩とは、海藻から採取する塩のことだ。昔は、海藻に潮水をかけて天日干しにし、さらに焼いて水に溶かし、煮詰めて塩を取り出していた。風のない夕暮れに、海藻を焼く煙が、天へまっすぐ伸びていく。そのおだやかな風景のなかにたたずむ女性の心中は、おだやかではない。「夕暮れの松帆の浦で、いくら待っても来ないあなたを待っていると、浜で焼かれている藻塩のように、じりじりと身の焦がれる思いがするわ」。

この短い歌のなかにいくつもの仕掛けがあって、さすがは定家といったところ。「まつ」に、「松」と「待つ」が掛けられているほか、「こがれる」に藻塩の「焼けこがれる」と女性の「恋こがれる」が掛けられている。詠んだのは、定家が五十五歳のときだ。歌合で順徳天皇に勝った歌とされるが、定家の知識の深さと技術的なうまさによる勝利だといえるかもしれない。

夏
第98首

風《かぜ》そよぐ　楢《なら》の小川《をがは》の　夕《ゆふ》ぐれは
禊《みそ》ぎぞ夏《なつ》の　しるしなりける

従二位家隆《じゅにいいえたか》

〔風がそよそよと吹く楢の小川の夕暮れは秋のような涼しさだけど、行なわれているみそぎが、まだ夏であることのしるしだよ。〕

激情型の定家《ていか》に対し、おっとり優しい家隆《いえたか》

この歌は、関白九条道家の娘・竴子《しゅんし》が後堀河天皇《ごほりかわてんのう》の中宮として入内する際に、屏風に描かれた上賀茂神社の『六月祓』の画題を詠んだ屏風歌だ。屏風歌とは、屏風に貼《は》られた色紙形の歌で、屏風の絵に合わせて詠《よ》まれる。つまり、作者は夕暮れの京都市上賀茂神社の前を流れる御手洗川《みたらしがわ》で行なわれている禊《みそ》ぎの神事を眼前に見ているわけではない。絵から風景を思い起こしているのだ。六月祓とは、別名「夏《な》越《ご》しの祓《はらえ》」のこと。六月三十日までの半年間の罪やけがれを祓い清めて、次の半年の無病息災を祈願する神事で、現在も上賀茂神社では六月三十日に行なわれている。

従二位家隆こと藤原家隆《ふじわらのいえたか》は、藤原定家と同時代を生き、定家に並び称される歌人だ。定家とともに、『新古今集』の選者を務めている。新三十六歌仙のひとりで、勅撰集に収められた歌は二百八十四首にものぼる。ただ、歌人としてのスタートは遅かったらしい。のちに後鳥羽院《ごとばいん》がまとめた歌論書『後鳥羽院御口伝《ごとばいんごくでん》』のなかにも「家隆卿は、若かりし折はきこえざりしが……」とある。寂蓮法師《じゃくれんほうし》（246ページ）の娘婿になったことがきっかけとなって、寂蓮法師の師であった藤原俊成《ふじわらのしゅんぜい》（236ページ）から和歌を学び始めたとか。その点では、小さいころから父親・俊成の指導を受けてきたと思われる定家とはずいぶん異なる経歴のもち主だ。

定家と異なるといえば、その気質においてもずいぶん対照的だったようで、激情型の定家に対し、家隆はおっとりとした人柄が伝えられている。たとえば、『新古今集』の選者に推すなど、目をかけてくれた後鳥羽院が、承久の乱に敗れて隠岐に流されてからのふたりの対応にもそれがうかがえる。もちろん定家にすれば、後鳥羽院の怒りを買って蟄居《ちっきょ》を命じられていたのだから、義理立てする必要がないのかもしれないが、後鳥羽院の子である順徳院《じゅんとくいん》と友人関係にあった息子・為家《ためいえ》にも、つき合いの一切を禁止している。いっぽう、家隆は隠岐《おき》に流された後も後鳥羽院に親しく手紙を送って慰め続けたようだ。

とはいえ、家隆は歌を道家に奉じる際は、まず定家に見せて意見を仰いだといわれている。家隆は定家の実力を認めていたようだが、当の定家は、家隆がもってくる歌はどれもよくないが、この六月祓の歌だけ優れているなどと記している。

家隆の墓と伝えられる塚が現在、大阪市天王寺区夕陽丘町にある。上町台地と呼ばれるこのあたりから、かつて平安時代には、眼前に大阪の海が広がっていた。「夕陽丘」という地名は、家隆の「契りあれば　難波の里に　宿り来て　波の入り日を拝みつるかな」（何かの縁があったために、難波に泊って、大阪湾の波間に沈んでいく夕日を拝むこととなったのだなぁ）に由来するとか。

小川のほとりの神事に、夏の清涼感を詠む

屏風絵にもかかわらずリアリティを感じるのは、初句から三句までの「風が、楢の木の葉をそよそよと吹きそよがせていて、もう季節は秋のように過ごしやすいのだけれど」というくだりのためだろう。風に吹かれて葉がそよぐさまに動きを感じる。さらに、秋のように涼しいという表現は、きっと作者の肌で感じたことなのだ。眼前に描かれている六月祓の神事。「それが、まだ夏であることを物語っているなぁ」と受けているあたりが、「実」と「虚」をうまく混ぜ込んでいる。

家隆の時代は旧暦なので、この歌が詠まれたのは現在でいえば八月中旬ぐらいか。確かに、そろそろ秋の気配の漂うころだ。

第98首 従二位家隆

雑
第99首

人《ひと》もをし　人《ひと》もうらめし　あぢきなく
世《よ》を思《おも》ふ故《ゆゑ》に　もの思《おも》ふ身《み》は

〔人が愛おしく思われ、また恨めしくも思われる。つまらないこの世を思うゆえに、あれこれ思い悩んでいる私には。〕

後鳥羽院《ごとばいん》

宮中の構造改革にも着手した、行動派の上皇

後鳥羽院は、激動の時代の真っただなかを生きた人だ。源平合戦のさなかに生まれ、わずか四歳にして天皇に即位させられた。その前の安徳天皇《あんとくてんのう》もわずか二歳にして即位し、実権は祖父の平清盛《たいらのきよもり》が握っていたというから、大人たちの権力争いに幼い皇子たちが利用されるという悲しい時代だったのだ。

後鳥羽院がみずから政治を主導するようになったのは、十七歳で息子の土御門天皇《つちみかどてんのう》に譲位してからのこと。今でいう官僚のようなものだろうか、五位以上の官位をもつ殿上人を整理するなど、積極的に構造改革を行なったらしい。そのまま、のち

の三代にわたって二十余年、上皇として実質的な政治を行なった。この歌は、後鳥羽院が院政を敷き、実際の君主として政権を執っていた三十三歳のときに詠まれたものだ。そうしたなかで、かねてから快く思っていなかった鎌倉幕府に対し、ついに倒幕の兵を挙げたのが「承久の乱」だ。この戦いは後鳥羽院側があっけなく敗北し、後鳥羽院は隠岐へ、愛する息子の順徳院《じゅんとくいん》や土御門院もそれぞれ佐渡と土佐に流された。後鳥羽院は、そのまま京の都に帰ることなく隠岐で亡くなっている。

思うようにいかない現状への嘆きを吐露

歌人としても、後鳥羽院は後世に名を残すひとりだ。第八十三首の藤原俊成《ふじわらのしゅんぜい》(236ページ)を師として和歌を学び、その息子・定家の歌風に傾倒していたらしい。が、後鳥羽院の勅命による『新古今集』の編集に際して、やかましく口出しをしたために定家との確執が生まれている。歌人としても参加したかったのだろうか。

最初の二句、「人が愛おしくもあり、憎たらしいとも思う」に、なかなか人心を掌握しきれない、君主としてのいら立ちが表われているようだ。「なかなか自分の思うようにいかないこの世を思い悩んでいるからね」とはまた、ストレートな心情の告白だが、何百年も営々と続いてきた宮廷政治の終焉を感じていた後鳥羽院ならではの歌といえるだろう。

激動の人生のなかで、和歌を愛し続けた院

後《ご》鳥《と》羽《ば》院《いん》

（一一八〇～一二三九年）

平安時代末期から鎌倉初期にかけての、まさに国の体制が転換する激動の時代に世を治めた後鳥羽院。鎌倉幕府に向けて兵を挙げ、敗北したことから（承久の乱）、晩年は亡くなるまで配流先の隠岐で過ごしている。華やかな宮廷生活から一変した隠岐の暮らしは、さぞ寂しいものだったのだろう。『遠島御百首《とおのしまおんひゃくしゅ》』の四十五首に「思ひやれ　いとど涙も　ふる里の　あれたるにはの　秋の白露」という歌がある。都での生活を懐かしく

思い出すと、いっそう涙がこぼれることだが、今はすっかり荒れているだろうその庭の秋の露は私の涙だよ、という意味だ。

宮廷で院政を行なっていたころには、たびたび歌会や歌合《うたあわせ》を催した。とりわけ圧巻なのが、「千五百首歌合」だ。その時代のおもな歌人三十人に百首、歌を詠《よ》ませるという前代未聞の大イベントだった。当時の歌壇を盛り上げた功労者といえる。

このような後鳥羽院だからこそ、隠岐での暮らしも和歌に慰められた。遠く京の都から歌人を呼び寄せ、遠島御歌合を催したり、歌論書『後鳥羽院御口伝《ごとばいんごくでん》』をまとめたりしている。その『後鳥羽院御口伝』のなかでは、後鳥羽院が当初傾倒したものの、その後『新古今集』の編纂《へんさん》をめぐって仲違《なかたが》いした藤原定家《ふじわらのていか》について語っている。かわいさ余って憎さ百倍なのか、その才能を認めながらも性格が悪いと非難しているのがおもしろい。

雑
第100首

百敷《ももしき》や　古《ふる》き軒端《のきば》の　しのぶにも
なほあまりある　昔《むかし》なりけり

順徳院《じゅんとくいん》

〔宮中の古びた軒端にはえているしのぶ草を見るにつけても、いくら偲《しの》んでも偲びきれない昔の御代であることよ。〕

父・後鳥羽院とともに倒幕をくわだてて敗北

順徳院は、第九十九首で紹介した後鳥羽院《ごとばいん》の第三皇子。父親似の気骨のある性分だったらしい。後鳥羽院が倒幕をくわだてた承久の乱には、父親以上に積極的だったと伝えられている。後鳥羽院を崇拝にも近い形でしたっていたようだ。後鳥羽院もそんな順徳院が、息子たちのなかでもとりわけかわいかったのだろう。兄・土御《つちみ》門天皇《かどてんのう》から弟の順徳天皇に譲位させている。

後鳥羽院の思いはひとつ。長く政治の中心にあった京都朝廷の威厳を保ち、これまで通り、政権を担うことだった。順徳院はその思いを引き継いでいる。王朝時代の有職故実《ゆうそくこじつ》（朝廷や武家の礼式や官職、法令などのきまりごと）の研究に熱心で、それをまとめた『禁秘抄』を著している。和歌は藤原定家《ふじわらのていか》に学び、その息子・為家《ためいえ》とも親しく交際していた。流された佐渡でも熱心に歌作を続けた。最期は、順徳院の気位の高さと気性の激しさを物語るように、「これ以上の命は不要」とみずから絶命したと伝えられている。

過去の栄華を偲び、現在の朝廷の衰退を嘆く

この歌は承久の乱で兵を起こす五年前に詠《よ》まれた歌だ。「百敷」とは、宮中のこと。古い建物の軒先に見える雑草の忍ぶ草に、「偲ぶ」（昔を懐かしむ）と「忍ぶ」（堪え忍ぶ）を掛けて、順徳院の御代の力を失いつつある宮廷を嘆き悲しんでいる。「あぁ、宮中の古い建物の軒下に草がはえているよ。すさんでいることだなぁ。昔の栄華を極めた時代が恋しいよ。」（どうして私はこの時代に生まれてきてしまったんだろう。もっと早い時代に生まれたかったものだ）……。順徳院のため息が聞こえてきそうだ。

ところで、この百人一首を藤原定家《ふじわらのていか》に依頼したのは、幕府側にいた宇都宮頼綱《うつのみやよりつな》だ。そのころは後鳥羽院も順徳院も存命であったことを考えると、最後の二首にこのふたりが選ばれているのは不自然で、後世に入れ替えられたという説もある。もしかすると、遠くへ流されたふたりを偲んで、定家がくわえたのかもしれない。

参考文献

『一冊でわかる　百人一首』吉海直人 監修（成美堂出版）
『絵解き百人一首――江戸かるたと風景写真で味わう』有吉 保 監修（講談社）
『百人一首の謎解き――小倉山荘色紙和歌』いしだよしこ 著（恒文社）
『小倉百人一首』猪股靜彌 文、高代貴洋 写真（偕成社）
『改訂版　新総合国語便覧』三好行雄・稲賀敬二・森野繁夫 監修（第一学習社）
『柿本人麻呂　いろは歌の謎』篠原央憲 著（三笠書房）
『紀貫之』大岡 信 著（筑摩書房）
『口語訳詩で味わう百人一首』佐佐木幸綱 編著、田島董美 画（さ・え・ら書房）
『高等学校　新選日本文学史』久保田 淳・堤 精二・三好行雄 編（尚学図書）
『光琳カルタで読む　百人一首ハンドブック』久保田 淳 監修（小学館）
『後撰和歌集全釈』木船重昭 著（笠間書院）
『カラー総覧　百人一首　古典で遊ぶ日本』田辺聖子 監修（学習研究社）
『ことば学習まんが　知っておきたい百人一首』三省堂編修所 編（三省堂）
『これだけは知っておきたい　百人一首の大常識』栗栖良紀 監修（ポプラ社）
『齋藤孝の親子で読む百人一首』齋藤 孝 著（ポプラ社）
『小学生のまんが百人一首辞典』神作光一 監修（学習研究社）
『新訂国語図説〈新版〉』井筒雅風・内田 満・樺島忠夫 共編（京都書房）
『新版　百人一首・耽美の空間』上坂信男 著（右文書院）
『新・百人一首をおぼえよう』佐佐木幸綱 編著（さ・え・ら書房）

『図説　百人一首』石井正己 著（河出書房新社）
『すらすら読める土佐日記』林 望 著（講談社）
『世界の「美女と悪女」がよくわかる本』島崎 晋 監修、世界博学倶楽部 著（PHP研究所）
『田辺聖子の小倉百人一首』田辺聖子 著（角川書店）
『だれも知らなかった〈百人一首〉』吉海直人 著（春秋社）
『知識ゼロからの百人一首入門』有吉 保 監修（幻冬舎）
『超現代語訳　百人一首』藪小路雅彦 著（PHP研究所）
『土佐日記評解』小西甚一 著（有精堂出版）
『秦恒平の百人一首』秦 恒平 著（平凡社）
『人に話したくなる百人一首』あんの秀子 著（ポプラ社）
『百人一首』マール社編集部 編（マール社）
『百人一首　21人のお姫さま』戀塚 稔 著（郁朋社）
『百人一首　恋する宮廷』高橋睦郎 著（中央公論新社）
『百人一首が面白いほどわかる本』望月 光 著（中経出版）
『百人一首　定家とカルタの文学史』松村雄二・国文学研究資料館 編（平凡社）
『百人一首大事典』吉海直人 監修（あかね書房）
『百人一首の作者たち』目崎徳衛 著（角川学芸出版）
『百人一首のひみつ100』佐佐木幸綱 監修（主婦と生活社）
『百人一首を楽しくよむ』井上宗雄 著（笠間書院）
『百人一首百彩』海野 弘 文、武藤 敏 画（右文書院）
『よくわかる百人一首』中村菊一郎 監修（日東書院）
『百人一首』吉原幸子 著（平凡社）
『歴史読本　一九九三年秋号　臨時増刊　日本史を変えた人物200人』（新人物往来社）
『「日本の神様」がよくわかる本』戸部民夫 著（PHP研究所）

編集・構成・DTP ✿ クリエイティブ・スイート
本文デザイン ✿ 下條麻衣（C-S）
執筆 ✿ 高橋一人、長尾ようこ、西田ひがし、日頭真子、白石恵子
本文イラスト ✿ 蛇千代、三成
人物イラスト ✿ フヅキリコ

本書は、書き下ろし作品です。

監修者紹介
吉海直人（よしかい　なおと）
1953年長崎県生まれ。同志社女子大学表象文化学部教授。百人一首の研究者で、百人一首グッズのコレクターとしても知られている。著書に『百人一首の新研究』（和泉書院）、『百人一首への招待』（ちくま新書）、『百人一首かるたの世界』（新典社新書）などがある。

PHP文庫　こんなに面白かった「百人一首」

2010年4月16日　第1版第1刷
2025年10月15日　第1版第31刷

監修者　吉海直人
発行者　永田貴之
発行所　株式会社PHP研究所
東京本部　〒135-8137 江東区豊洲5-6-52
ビジネス・教養出版部　☎03-3520-9617(編集)
普及部　☎03-3520-9630(販売)
京都本部　〒601-8411 京都市南区西九条北ノ内町11
PHP INTERFACE　https://www.php.co.jp/
印刷所
製本所　TOPPANクロレ株式会社

ISBN978-4-569-67420-9

PHP文庫

とんでもなく面白い『古事記』

斎藤英喜 監修

『古事記』には、神様同士の大ゲンカから兄妹恋愛まで、トンデモない事件が満載だった!! 漫画入りで、楽しくわかる日本の始まり。